養老孟司の人生論

養老孟司

PHP文庫

○本表紙図柄＝ロゼッタ・ストーン（大英博物館蔵）
○本表紙デザイン＋紋章＝上田晃郷

養老孟司の人生論——目次

第1章
いずれ死ぬ

第2章

身を鴻《こう》毛《もう》の軽《かろ》きに置いて

第3章

お勤めご苦労さん

第4章 平常心

第5章

変わらないもの

第6章 学問とは方法である

第7章

主義者たち

第8章

日本人は諸行無常

第９章　努力・辛抱・根性

第10章 若いころ

第11章

現代を生きる

本書は、二〇〇四年にマガジンハウスから刊行された『運のつき』（二〇〇七年、新潮文庫）を改題のうえ、復刊した『養老孟司の人生論』（二〇一六年、PHPエディターズ・グループ）の文庫版です。

第1章

いずれ死ぬ

人は生まれて、歳《とし》をとって、どこかで病気になって、最後に死にます。まだ私は死んでませんけど、いずれ死ぬでしょう。でもそれは、みなさんも同じです。

私ももうすぐ七十歳、もはや高齢者の仲間入りです。この歳になったら、新しいことなんか、とうていはじめられませんね。いままでやってきたことを、自分なりに整理する。それだけで精一杯です。じゃあ自分は一生なにをしてきたのか、どう考えてきたのか、それをお話ししてみようかな。なんとなく、そう思ったわけです。だれの参考になるか、そんなことはわかりませんけど。

ただし、ひとつだけ、私の人生では「新しい」こと、つまりまだ済んでないことがあります。それは死ぬことです。じゃあ、まずそこから話をはじめようか。次にそう思いました。逆向きの人生論です。

本当に死んでしまったら、怖いもクソもない

いずれ死ぬと書きましたけど、自分が死ぬことなんて大した問題じゃありません。そういうと、信じない人が多い。「格好つけやがって」。そう思われてしまっ

たりする。「自分が死ぬって、大問題じゃないか」。たいていの人はそう思っているでしょう。でも、考えたらすぐにわかるじゃないですか。「自分が死んで、なにが大変か、死んだら、それを心配する自分がいないんだから、考えたってムダじゃないか」って。

「そりゃ理屈だろう」。そういわれてしまいそうです。べつに理屈じゃありません。素直にそう思っているんですよ、私は。

「そうはいうけど、死にたくない」。そういう気持ちは、だれにでもあると思います。私だってありますよ。とはいえ、だれでも死ぬことはたしかですから、いくら死にたくないと思っても、結局はムダです。

でもやっぱり、納得しないでしょうね。私だって、納得はしてません。でも私たちは毎日眠るじゃないですか。そのまま死んでしまったら、どうなりますか。二度と目がさめない。それで死を「永遠の眠り」というんでしょうが。寝ている本人にとっては、生きてようが、死んでようが、関係ないじゃないですか。寝ている以上は、死んだことにも気づかないんですから。

飛行機が揺れると、怖くなります。墜《お》ちたらどうしよう。そう心配するわけです。それはじつは「死ぬこと」が怖いわけじゃない。そこまでの途中が怖いわけです。たいていの人は、自分が乗っている飛行機が墜ちた経験がありませんからね。墜落して、本当に死んでしまったら、怖いもクソもない。

病気も同じです。ガンでほとんど死にそうという人が、死ぬ心配をすることは、まずありません。苦しくてしょうがないから、「先生、なんとかしてくれませんか」と医者にいったりしています。「死のうが生きようが、そんなこと、どうでもいい。ともかく楽にしてくれ」。医者にそう頼んでいるわけです。ガンになったら、どうしよう。それを心配するのは、まだ元気な人にきまってます。

健康でふつうに暮らしていると、飛行機が墜ちる、ガンで死にそうだ、そんな状況は、頭のなかで想像するしかないわけです。じゃあ、想像したらそういう状況がわかるかというなら、これがわからないんですよ。

いってみれば、恋愛と似たようなものです。なんであんなに一生懸命だったんだろ。そのときは無我夢中ですが、あとで考えると、それがわからない。自分が経験した恋愛だって、そのときの気持ちをはっきりとは覚えてないんだから、まして未経験の死なんて、わかるはずがないでしょ。死は人生の大事件です。恋愛以上の大事件かもしれない。それなら、死ぬときの自分の気持ちがわかるかといえば、わかるわけがありませんよね。「じゃあ、どう考えればいいんだ」。死ぬのは私じゃない、別の人。そう思えばいいわけです。

だって恋愛中の私は、いつもの私じゃないでしょ。死にそうな私だって、それと同じです。死ぬことを考えているのは、いまの元気な私です。でも「現に死にそうな私」は、「いまの元気な私」じゃない。そんなこと、あたりまえです。だからその二人は別人なんですよ。

それでも私は私、同じ私じゃないか。そう思った人は、『バカの壁』（新潮新書）でも読んでください。ともあれ別の人が死ぬんですから、死ぬことはその人にまかせておけばいいんですよ。というより、その人にまかせるしかないじゃないですか。

「そんな理屈で、死ぬという大問題は解決しないよ」。それはそのとおりかもしれません。でも理屈にするなら、自分が死ぬことについては、このあたりがせいぜい、というところでしょ。

理屈で解決しないから、人間は具体的に人生を生きるんですよ。理屈で人生が全部わかるんだったら、わざわざ生きてみる必要も、死んでみる必要もないじゃないですか。「死ぬとはいかなることか」、それが十分にわかっているなら、死ぬのは面白くもおかしくもないでしょうが。ただのあたりまえです。考える余地もない。

私にとっては「死」ではなく「死体」こそが現実

こんなふうに考えるようになったのは、いつからかといったら、なんと還暦を過ぎてからです。死について、それまでは別なことを考えてました。

たとえば死という言葉を私はあまり使いませんでした。だって、解剖学を勉強して、死体を年中見てましたからね。私の場合には、死ではなくて死体なんです。死という言葉は、死体とは違って、具体的な「なにか」を指すわけじゃありません。「死」は抽象的なんですよ。

「死」という名詞ではなくて、「死ぬ」といえば、もうすこし具体的になるような気がします。でも、よく考えてみると、これもやっぱり抽象的じゃないですか。「死ぬ」ことをきちんと定義しようとしてみればわかります。だって「死にかけている」なら、「まだ生きている」んですからね。酒瓶に酒が「もう半分しか残ってない」のと、「まだ半分残っている」の違いでしょ。ともあれ瓶は空《から》じゃない。

「死ぬ」って言葉は、動詞です。動詞は動きを示すわけですけど、死体は動きませんよ。死体になるまでは、死んでないわけです。それなら「死ぬ」って、どの時点の話ですか。脳死の議論のときに、「もはや死に向かって不可逆的に進行するしかない状態」なんていう定義がありましたけど、それなら脳死の定義じゃなくて、人生の定義ですよ。

　死体なら、定義がはっきりします。目の前にあるものが死体かどうか、きちんと「科学的に」調べられますからね。ところが、ここから先が、ふつうには話が通じにくいわけです。なぜかって、ふつうの人は、死体なんて年中見ているわけじゃありませんからね。まして死体を運んだり、触ったり、切ったりしませんよね。だから「死体の話なんて、極端な話だ」。そう思っちゃうわけです。でも私は解剖を三十年以上やってました。そうすると、どうなるか。いやでも死体が具体的になるんですよ。むずかしくいうと、現実になります。

私は東大医学部の解剖学教室に三十年いました。おかげで死体が現実になってしまったんです。つまり「あって、あたりまえ」になったんです。ふつうの人は、もちろん死体なんかに関わらない。そうすると、死体が想像の上だけのものになるわけです。想像というのは、実際よりも極端になったり、足りなかったりします。現実が想像を上回ると、「想像を絶する」といいます。極端な災害なんか見てしまうと、そういいますよね。逆にそれなら、現実が想像より不足するときは、なんといえばいいんでしょうかね。そのほうがふつうだから、特別な表現がないんでしょうね。

死体がそうです。死体というものは、実際よりも、想像のほうが豊かになるものです。たとえば必要以上に不気味になるんですよ。でも私にとっては、死体は想像じゃない、ただの平たい現実です。

だれだって死体になる

死体は一般的に思われているより、ふつうのものです。だれだって死ぬんですから。いま、地球上の人口は六十億だといいます。（＊編集部注　二〇二三年で八十億到達。国連の推計による）それなら、六十億の死体がいずれは発生するわけですよ。でも、いまの人はそれを見ない、経験しない、考えたくない。それがふつうでしょ。

「だからお前が変なんだよ、ふつうじゃないよ」。……そうでもないでしょ。だれでもなるものが死体だとすれば、それは自分の一部じゃないですか。いまの世界は、自分の終《つい》の姿を見ない人たちの集まりなんですよ。そのくせ、見ないほうがまともな人生だと信じている。済みませんけど、私はそう思ってません。

　ほかの人からよくいわれるんですよ、お前は抽象的な議論をするって。でも本人はそう思ってない。死については、とくにそうです。ふつうの考えのほうが、この場合は抽象的なんですよ。具体的に考えたら、死とは、「俺はいつ死体になるんだ」ってことでしょうが。そんなこと、考えたってしょうがないでしょ。死体になったときは、死体について考える自分がもういないんですから。

　よく「死体は不気味だ」なんていってますが、じつは死体は自分じゃないですか。だれだって死体になるんですからね。それなら自分が不気味だってことでしょうが。幸か不幸か、自分がその不気味なものになる前に、不気味だと思うほうの自分は死んでしまう。だから平気で死体は不気味だなんて思うんでしょうね。だからどうなんだって、不気味だと思うのが、変なんですよ。堅い言葉でいえば、死を受容していない。平たくいえば、自分と折り合いがついてないんです。自分がいずれ死ぬことは、理屈じゃわかってる。でもそれが受け入れられない。感情が受け入れてない。そういうことでしょうが。それなら死について考えても、変な結論が出るにきまってます。だからふだんは死を考えないようにしてるんでしょうね。それが現代人です。

大賢《たいけん》は大愚《たいぐ》に似たり。そっくりだけど大違い

でもそういう根本的なことを考えなかったら、人生がどこか変になると思いませんか。私の人生がマトモだなんていいませんけど、この点だけはふつうよりマトモだと、私は思ってます。

死ぬのは、いまの私じゃない。死にそうになってる私だ。死にそうになってる私に、死のことは考えてもらえばいい。さっきそういいました。それならいまは死なんて考えなくっていいということじゃないか。そういうことになりますな。「じゃあ、根本的なことを考えろ、なんていうな」。そういわれそうですな。

そういうことは、人生によくあります。考えている人と、ぜんぜん考えてない人が、同じことをしている。たしかに、やってることは、ほとんど違わないんですよ。どのみち人間のすることですから、大して変わるわけじゃない。でも、考えた結果と、考えてない結果とでは、どこか微妙に違います。それでしょ、「違いのわかる男」っていうのは。コマーシャルを引用しただけで、女は別だなんていってるんじゃありませんよ。その微妙な違いが、長い目で見れば、人生の大きな違いになる。私はそう思ってます。

ぜんぜん考えないで、ノー天気に暮らしていても、考えた挙句《あげく》に、死ぬことなんて考えたってムダだと悟るのと、結論は同じです。だから考えたってムダかというと、そんなことはないでしょう。昔の人はうまいことをいいますね。「大賢は大愚に似たり」。いちばん賢い人は、いちばんのバカに似てる。そういうことでしょ。

大賢と大愚はそっくりなんだけど、じつは大違いなんですよ。どこが違うかって、状況が変わってみないと、そこがわからない。大愚の人だって、運がよければ、一生そのまま上手に過ごしちゃうかもしれません。それなら大賢と区別がつかない。死なんて一生考えないで、上手にポックリ逝《い》っちゃった。それでもいいわけです。見ようによっては、人生の達人ですわ。実際には運がよかっただけですけど。

歳をとるにつれて、私は運ということを考えるようになりました。たいていの人がそうなのかもしれませんね。若いときは、運なんて考えてませんでした。そもそも私は博打《ばくち》をやりませんからね。でもここまで生きてくると、運ということをしみじみ考えます。そもそもここまで生きてきたこと自体、「運がよかった」んでしょうが。同年生まれで、すでに死んだ人もたくさんいますからね。美《み》空《そら》ひばり、江利《えり》チエミ、小林《こばやし》千登勢《ちとせ》。六十五歳で私の本がバカ売れしましたけど、六十四歳で死んでたら、そういう目にはあってません。べつに売れたからいいというわけじゃないですが、こんな歳になって、妙なことが起こるもんだと思います。これも運のうちじゃないですか。

逆に六十歳を過ぎて、はじめて刑務所に入る人だっている。もうちょっと前に死んでりゃ、そんな憂《う》き目にはあいません。これも運でしょ。余談ですが、いまの人は長生きがいいことだと思ってます。だからこの「憂き目」なんて言葉は、思い出さないでしょ。源平《げんぺい》から戦国までの時代なら、そんなこと、よくわかってましたよ。うっかり長生きしたばかりに、年寄りが一族滅亡の場に立ち会う羽目になる。もう少し前に死んでりゃ、こんな目にあわないで済んだのに。大勢の人がそう嘆いたと思いますよ。

すべての患者はかならず死ぬ

なぜか知らないけれど、若いときから、寿命は運だと思ってました。これでも小学校二年生で終戦ですから、子ども心に、生死は運命だと思ってたんでしょうね。頭の上から焼夷弾《しょういだん》が降ってくる。あれが私の頭に落ちてりゃ、それでおしまいですからね。戦争中は東大病院に入院していたこともあります。母親が医者でしたから、当時としては面倒な病気を手術で治してもらいました。これも運じゃないですか。入院中に東京空襲がはじまりました。爆弾で病院のガラス窓がビリビリ震えて、音を立てていたのを思い出します。あの爆弾だって、頭の上に落ちたかもしれないんですからね。

古い話ですが、『戦友』という、長い歌があります。軍歌といえば軍歌ですが、戦時中は歌っちゃいけないことになってたらしい。そう聞いたことがあります。歌詞がいけないというんです。戦友が弾丸《たま》に当たって倒れた。「軍律厳しい中なれど、これが見捨てて置かりょうか、『しっかりせよ』と抱き起こし、仮包帯も弾丸の中」というところがあるんですよ。これがダメだというわけです。軍律どおりにしなけりゃいかん。いかに戦友が倒れたからといって、個人の感情で抱き起こしたり、包帯巻いたりしてちゃ、いかん。そういうことらしいんですね。

ここにも運がよく出てます。親友に弾丸が当たっても、自分には当たってないんですからね。こんなの、運にきまってるじゃないですか。弾丸が人を選んでるわけじゃなし、どっちに当たったって、いいんですから。この歌の後のほうに「思いもよらず我一人、不思議に命ながらえて」というところがあります。どういうわけか、自分だけ生き延びちゃった。この歌詞を全部覚えて、子どものころからさんざん歌ってきたんですから、戦争に行かなくたって、人生は運だということくらい、叩《たた》き込まれてます。

いまの人は、寿命は運だなんて、思ってないんじゃないですか。寿命は人間の力で左右できる。そう思うのが、いまはふつうじゃないでしょうか。だから老人医療なんでしょ。「タバコなんか吸わない。だって寿命が縮む」。そう思ってる。とはいえ、いかに医療を徹底しても、いずれは死にます。

医者の第十一戒とは、「すべての患者はかならず死ぬ」というものです。十戒まではふつうですが、そこに含まれてないのが、これです。だから第十一戒。医者は命を助けるのが仕事ですが、そう思っていくら頑張っても、いつかかならず患者は死ぬ。そんなこと、あたりまえですわ。

寿命は運。私は専門家におまかせします

こう書いていて気づいたんですが、人生は運に左右されると、自分がこれほど

はっきり思っているとは、じつは自分で気がついてませんでした。これでも科学者のはしくれですから、もうちょっと客観的な考え方をしていると、自分でなんとなく思っていたらしいんです。

科学では運といわないで、確率といいます。これはじつは面倒なものですよね。いまではごく日常的ですけどね、確率という言葉は。天気予報にだって、使われるんですから。

医学でも確率はよく使われます。ガン手術のあと、五年生存率なんパーセント、なんていいます。つまりそのガンを手術したあと、五年間生き延びる人は、百人のうち何人いるか、それを数字で示すわけです。これ、参考になると思いますか。天気予報に似てるじゃないですか。「明日は天気かな、雨かな」。そう思っているときに、「降水確率は五十パーセントです」なんていわれる。まあ、好天じゃないことくらいわかりますから、天気の話なら「じゃ傘持ってくか」、で済みます。でも命の問題でそれをやられると、判断に苦しみますな。

たとえば五年生存率四十パーセントの治療と、五十パーセントの治療だったら、たいていの人が、後者を選ぶでしょうね。でもその十パーセントにどれくらい意味があるか、ほかの条件を加えだしたとたんに、わからなくなります。四十パーセントのほうは薬剤治療で、五十パーセントのほうは手術だったりすると、患者さんは悩むでしょうな。手術は怖いし、でも長い目で見ると、十パーセント損をするらしい。銀行の利息みたいなもんですわ。いまは金利ゼロに近いから、利息で悩む必要がないだけ、ありがたいですな。

五年生存率なんて、そもそも患者さんのために考えられたものじゃありません。治療の良否を決める目安と思えばいいんです。でもインフォームド・コンセントとか、患者の権利とか、カルテの開示とか、いろいろやかましいことになったので、医者が患者にそういうことまで伝えるようになりました。それで患者の悩みが減るかといったら、増えるでしょうな。

これでも私は医者のはしくれですけど、そんなこといっさい知ろうと思いませんもの。「適当に考えて、やってくださいよ」。専門家には、そうお願いするしかない。それが私の考えです。半端《はんぱ》に医学を学んだという、その育ちから来てるんでしょうね。

お医者さんにおまかせします。それをいまではパターナリズムなんていいます。これは悪いことになっているんですよ。

パーテルはラテン語で父のことです。もともとキリスト教世界の用語でしょうな。「天にいますわれらの父よ」なんて、お祈りしますからね。神父という言葉もそうです。ともかくこれも「父」には違いない。「父親まかせ、そういう権威主義はいかん。自分で考えなさい、自分で。生死は自分の大事じゃないか」。

こういう考え方が、プロテスタントでファンダメンタリズムのアメリカから来たというのも妙なものですな。たぶんアメリカ人は、もうお祈りなんか、しないんでしょうな。

でも、いきなりお前さんはガンだなんていわれて、そのうえ「手術しますか、どうしますか、五年生存率は四十パーセントです」、そんなことをいわれて、自分で判断ができると思いますか。患者のほうは、自分の気持ちをとりあえず整理するので精一杯ですよ。五年後の利息の計算まではしていられない。「そんなことより、来年私は生きてるのか、死んでるのか、教えてくれ」。そう思ってるでしょうよ。

つまり、生きてる、死んでるは、患者にとってはすべてか無かです。ところが他人にとっては、四割か五割かという問題。考えてみりゃ、変でしょ。

東郷平八郎《とうごうへいはちろう》は運の良さを見込まれた

これに関係した小咄《こばなし》がありますよ。

患者が医者のところに来た。医者がいます。

「あなたの病気にやっと診断がつきました。この病気では、患者の九十九パーセント、つまり百人のうち九十九人が死にます」

これを聞いて患者は真っ青になりました。続けて医者がいいます。

「でも、あなたは助かります」

「どうしてですか、先生」

「私がこれまで診たこの病気の患者は九十九人で、すべて死にました。あなたが百人目です」

私は怠け者ですから、信用できる医者を探して、「おまかせします」っていいますね。それでおしまい。医者が間違ったら、どうするか。仕方ないですな。医者を選んだのは自分だし、あとは運です。

私ばかりじゃない。医者自身にも運がありますからね。手術のときに、たまたま運が悪かったりするかもしれません。昨日飲みすぎちゃって、今日は二日酔いだったりする。「手術の前日に飲むな」。そんなこといわれたって、外科医というのは、よく飲みますからね。飲むには飲むだけの理由がある。緊張する仕事ですから。飲まなきゃ飲まないで、肩が凝って、手術中に手が滑ったりして。

なんとも古い話ですけど、日露戦争のとき、東郷平八郎が連合艦隊司令長官になった。当時は東郷はもう引退寸前でしたけど、いわば抜擢《ばってき》されたわけです。その理由は、あいつは運がいいから。そういうことだったと、いわれています。

いまなら、いろんな業績をコンピュータに入れて、点数の高いほうを選ぶ。そんなことをするんでしょうな。それを近代的、合理的っていうんですよ。それで失敗したら、どうなるか。計算のどこがいけなかった、ここがいけなかった、データに嘘《うそ》があった、いろいろ調べるでしょう。そりゃ次の参考にはなるかもしれないけれど、すでに失敗しちゃったことの参考にはなりませんな。失敗は失敗です。取り返しはつきません。

そのときに、責任をとるのが人であるのと、コンピュータであるのと、どちらがいいんですかね。私なら人のほうを選びます。

こういう考えが古いってことは、よく知ってますよ。なにしろ「運」が大切だなんて、いまの時代にいってるくらいですからね。でもね、人間はコンピュータを改良するために生きてるんじゃないんですよ。人間がよりよく生きるために、コンピュータがあるんですからね。

自分の死なんてどうでもいい

さすがに六十代も半ばを過ぎると、自分が死ぬことを、ときにしみじみ思います。

私の母親が、九十五歳で死ぬ少し前のことです。具合が悪いというので、私が見舞いに行ったら、たまたま目をさまして、「死んだ両親や妹に会って、話してたんだよ」、といいました。「あんたのお父さんに会って」、とはいいませんでしたね。

人生って、そんなものかもしれませんね。母と父は熱烈な恋愛結婚だったと聞かされてました。父は三十四歳で死んでますから、そのあと母は十二分に嘆いたんでしょうね。それで、変ないい方ですが、元がとれちゃった。もう未練が切れちゃったのかもしれません。それで、自分が死にそうになったとき、夢のなかで会いにいった人は両親であり、妹たちである、つまりは身内だったたってことです。

それで当然なんですね。「夫婦は他人」っていうじゃないですか。私の母の話は、死がだれにとって重要か、それをよく示してます。身内、つまり親しい人なんですよ、あなたの死が重大事件になる人たちは。

自分ではどうでもよくたって、身内にとっては話が違います。自殺されていちばん苦しむのは、親しい家族です。「どうして死んだの」と思う。それが心の傷になります。これを二人称の死といいます。他人の死はしょせんは他人ですから、三人称です。自分の死は一人称。これはどうでもいい。それはもういいました。私は二人称の死だけが、じつは本当の死だと思っています。逆に、だからなかなか死とは思えない。親子兄弟、親しい人の死は、長いあいだ納得がいかないんです。

サルだってそうなんですよ。死んだ子どもを、ミイラになるまで抱きかかえていたサルの映像を、テレビで見たことがあるんじゃないですか。サルですら、子どもの死を納得していないんです。

自分の死なんて、どうでもいい。そういいました。

もちろん、そんなことは、昔の人だって十分考えていたでしょうよ。それならどうして、それが常識じゃないのか。そりゃ、だれだって死ぬのが怖いから。本音では、どうでもよくはないんだ。たいていの人はそう思うんじゃないですか。

でもそれでは話は不十分です。私はそう思ってます。ただしこの先は少し面倒な話になります。

第2章

身を鴻《こう》毛《もう》の軽《かろ》きに置いて

自分の死はどうでもいい。そう思った人が過去にもいたし、いまでもいる。それは、はっきりしています。

たとえば自爆テロをする人たち。自爆テロをやれば、自分も死ぬことは明らかですが、それでもやる。以前の日本でいうなら神風特別攻撃隊《かみかぜとくべつこうげきたい》。それもきちんと自分の意思で出撃した人たち。こうした人たちはまさに「身を鴻毛の軽きに置いて」います。私はジジイですから、つい表現が古くなるんですよ。こういう人たちにとっては、いい方は悪いかもしれないけれど、自分の死はどうでもいいってことじゃないですか。

ふつうの人は、そこがわからないといいます。だから、さんざん説明したじゃないですか。自分の死なんて、どうでもいいってことは。

死んでもいい、は「危険思想」

でも、世間から見ると、それは危険思想にもなりうるんです。「自分の死は軽い」。これが世間の常識にならないのは、そのせいじゃないかと私は疑っています。そんなことをうっかり考えたら、怖い。だって、テロにもなるし特攻にもなるんだから。「特攻は危険思想じゃない」。そういわれそうです。でも危険ですよ、アメリカにとっては、つまり敵にとっては。

自分の死はどうでもいい。そうなると、今度はその「危険思想」を利用する人も出てきます。この前の戦争を知っている人は、思い当たる節《ふし》があるかもしれません。山本七平《やまもとしちへい》氏は『一下級将校の見た帝国陸軍』（文春文庫）のなかで、先の大戦で陸軍の中枢《ちゆうすう》にいた武藤章《むとうあきら》参謀長の例を引いて、「死を前提にした人間ほど、周囲にとってたちが悪いものはない、説得なんて通じないからだ」という趣旨のことを書いています。そういう人がなにかをいいだすと、頑として譲らない。無理が通ってしまうんですね。ビン・ラディンもそうした思想を「利用」しているように見える。自爆テロの親分なんですから。でも自分は自爆してない。それをブッシュが「卑怯者《ひきようもの》だ」といったわけです。

宗教のなかには、当然こうした思想が含まれています。死についていちばん考えてきたのは、宗教なんですから。

中世キリスト教で異端とされたカタリ派、この人々は火刑で殺されます。信仰を曲げれば、火あぶりにならないのですが、もちろん曲げない。現世なんて価値がないと信じているからです。つまりカタリ派の信者にとって、自分の死なんて、どうでもいいんですよ。佐藤賢一《さとうけんいち》氏の小説『オクシタニア』(集英社文庫)を読めば、カタリ派が滅ぼされるまでのいきさつが書いてあります。ただし、おかげで歴史を誤解したって、私のせいじゃありませんからね。

ドイツ人のあるジャーナリストが、ヒットラーは本当はなにを考えていたのか、それを解釈した本を書いたことがあります。ご存知のように、ヒットラーはアーリア人種を優れたものと見なしてました。ところが東部戦線、モスクワ前面で戦線が膠着《こうちゃく》し、ついでスターリングラードでは独軍が降伏し、ドイツは劣勢となります。ふつうならこれを、ヒットラーが対英米だけではなく、ソヴィエト連邦にいわば無理な戦争をしかけて、自滅したという構図で考えます。でもこの著者は違います。そのときのヒットラーの心理を、次のように説明します。アーリア人種、この場合にはナチス・ドイツの人たちですが、それがこの戦争に勝てないようなら、滅びてしまえばいい。スターリングラードの敗北以降は、ヒットラーがそう思っていたとしか、考えられないというのです。

スターリングラードで独軍が敗北したあと、ヒットラーの打つ手は、だからほとんど合理性がない。劣勢をなんとか挽回《ばんかい》しようとしているようにも見えない。むしろ自滅を早めている。ただしそこで、いままで以上に熱心に行なわれたのが、ユダヤ人の虐殺《ぎゃくさつ》、いわゆるホロコーストだったというのです。いうなれば、スターリングラード攻防戦以降、ヒットラーがしたことは、自滅の促進とユダヤ人虐殺だけだったというのです。

それがここまでの話とどう関わるのか。「自分の死はどうでもいい」という、危険思想の話です。戦いに勝てないようなアーリア人なら、滅びても仕方がない。しかしその道連れに、劣等人種は撲滅してやる。ヒットラーはそう考えていた。端的にいえばそういう解釈ですね。

カタリ派と特攻隊は「危険思想」の両面

こうしたことをまとめると、自分の死はどうでもいいという思想が、現世のなんらかの否定と結びつくと、大きな問題が起こることがわかります。だから、ここから先は面倒だと、先に書いたのです。自分についてだけ、死なんてどうでもいい。安心立命《あんしんりつめい》のためにそう思っている分には、さしたる問題はないのです。けれどもそれが社会的な思想になると、問題が生じる。

たとえばカタリ派は、この世を否定しますから、贅沢《ぜいたく》もしないし、きわめて禁欲的です。それがそのまま、ローマ教会の宗教人たちの贅沢やいい加減さ、そうしたものに対する批判に、自然になってしまいます。異端とされるわけですな。これはもう、火あぶりにするしか、手がない。自分の死なんてどうでもいいというところから、この世はどうでもいいまでいくと、どうしようもないですからね。動かしようがない。権力者はそれをいちばん嫌う。どうしたって、自分には従わないんですから。それでは権力の意味がない。おとなしいから、そうは見えませんが、カタリ派はもっとも反体制的なわけです。

もちろん、「自己の死を軽んじる」思想には肯定的な面もあります。自分の死は大したことじゃない。だから共同体のためには、それを犠牲にする。これは日本の伝統的思想じゃないですか。人柱《ひとばしら》という言葉もありますね。ヤマトタケル（日本武尊）の神話には、オトタチバナヒメ（弟橘媛）の逸話があります。荒れた海を鎮《しず》め、難船しかけた舟を救うために、ヒメは自ら海に身を沈める。神風特別攻撃隊だって、その思想の系譜を引いているのではないでしょうか。ここでは、一身を軽んじるという思いが、身内のためという現世肯定と結びついています。共同体のメンバーとは、つまりは身内ですからね。そういうことは、許されるんです。オトタチバナヒメだって、ヤマトタケルに強制されたわけではない。特攻隊も基本的にはそうです。

深沢七郎《ふかざわしちろう》の『楢山節考《ならやまぶしこう》』という作品は、こうした思想をみごとに示しています。話の筋は「姥捨《うばす》て山《やま》」にすぎません。主人公のおりん婆《ばあ》さんは、息子に背負われて、喜んで山に捨てられにいきます。歳《とし》とって、働けなくなった家族の一員が、食べ物だけは一人前に食べていたら、一家全員が飢え死にする可能性がある。そういう時代の話です。

この作品は『中央公論』の新人賞をとった。ときの選考委員の一人は三島由紀夫《ゆきお》です。三島は本心からの批評として、一言、「怖い」といったと伝えられています。でも、別な見方からすれば、たいへん美しい物語です。

時代を考えてください。その後の日本社会、老人大国を、別な面から予言しているように見えるじゃないですか。同時に共同体の消失も、です。だからいまはかえって読まれないのかもしれません。でもこの作品は戦後文学の最高峰のひとつだと、私は思います。外国でも知られていないわけじゃありません。

共同体を消すことが「進歩」だった

この思想は普遍性を持つでしょうか。私は持つと思っています。共同体のためというのは、身内のためというのと根本的には同じです。ということは逆に、身内のためでなけりゃ、やらないということにも通じます。それではもちろん普遍性を欠きます。世界は身内だけじゃありませんからね。それでも頑張って、こうした共同体思想を広げようとした日本人もいました。笹川良一《ささかわりょういち》氏がそうです。それなら世界中を身内にしちまえばいい。そう思ったんでしょうね。「世界に平和を、人類みな兄弟」。日本語でそう書いた杭《くい》が、ホテル・オイローパという、ハイデルベルクの高級ホテルの植え込みに立ってました。あれを見つけたときは、仰天しましたなあ。

戦後の日本は、共同体をどんどん消していきました。だから、右の意味での伝統的な犠牲的精神は消えた。そう思います。そうして現世肯定思想だけが生き残ったために、政治家も官僚も、自分個人の利害で動く。そう見えるようになりました。それを嘆く声はしばしば聞きます。でもそれが「なぜか」ということについて、はっきりした意見を聞くことはほとんどない。

共同体を消すことは、近代化、国際化、いわゆる進歩と呼ばれるものの必然です。十九世紀の西欧に発する、西欧近代個人主義の帰結といってもいい。それがある意味で間違っているということは、『バカの壁』でも述べました。

こうして考えてみると、死についての思想は、社会的には決して軽く見てはならない面を持つことがわかります。私にいえることといえば、それ自体は誤りだとはいえない、自分の死を軽く見ることと、現世の強い否定が結合すること、それは経験的には悪い結果をもたらす、ということです。

最近日本で起こったできごとでいうなら、大阪の池田小学校事件の犯人、宅間《たくま》守《まもる》がよい例と思われます。学校に飛び込んで、小学生八人を殺した。しかも裁判になると、控訴をしないで、「早く死刑にしてもらいたい」と要求している。そう聞きました。（＊編集部注　二〇〇四年九月執行済み）自分の生命なんて軽く見ているわけです。では宅間は現世のどこを否定したのか。「池田小学校は特別なところだ。自分のような庶民の入れるところではない。そこの生徒たちは、いわば特別扱いをされている。でも世の中には、俺のような人間もいるんだ。それを生徒たちに教えてやる」。そういう理屈で凶行に及んだ。そう私は聞いています。

池田小で行なわれた、事件の一周忌に、当時の文部科学大臣遠山《とおやま》敦子《あつこ》氏が出席したはずです。さらに政府は、遺族に弔慰金を支払いました。宅間のいったことと思い合わせて、あとは読者にお考えいただきたいと思います。

私がいいたいことは、日本社会のなかでは、共同体はたしかに崩壊しているということです。共同体のメンバーは、基本的には「平等」なのですから。それが日本の伝統です。それを、だれかが「崩そう」としたわけじゃない。でも「結果として崩れてきた」ことは間違いない。

話がさらに面倒なところに来たから、これまでのおさらいをしてみましょう。まずはじめに、自分の死なんて、大したことじゃない、そういう理屈を述べたわけです。それはそれで間違ってないと思います。次にそれが「大したこと」になるのは、自分の身内にとってなんだといいました。それを逆に考えれば、自分の命を身内のために捨てることは、なんでもないということになります。その身内を延長すると共同体になります。共同体はしだいに広くなって、家族のため、みんなのため、お国のためとなります。

かつての大日本帝国とは、天皇陛下を家長とする共同体だったんです。だから多くの若者が「お国のため」ということで、若い命を捨てました。年配の人たちが、「いまの若者は愛国心が欠けている」というとき、大日本帝国なら存在していた「なにか」を、思い出しているんでしょうね。

ところが他方では、自分の死なんて大したことじゃないという思想が、自分以外の現世の否定と結合すると、さまざまな深刻な事態が生じます。その例をいくつか説明したわけです。

本質的に変わらない「私」なんて、ない

さて、次に行きます。説明が不十分なのは、共同体の崩壊と、個人主義の関係

です。でもこれは、直感的にはわかりやすいでしょ。個人主義とは、「みんなのためより、俺のため」ってことですからね。だから「若者には愛国心が欠けている」、「みんなのためなんて、はなから思ってないじゃないか、フリーターなんて、ありゃなんだ、辛抱して仕事を覚えることもしないで、将来あれでは社会の役に立たないじゃないか」、なんて年寄りは思ってる。その若者のほうは「官僚や政治家、道路公団総裁、つまりは偉い人なんて、どうせ天下り、みんなのためより、自分たちのため、そう思っているに違いない」、なんて思っているわけでしょ。おたがいに信じてないわけです。どうしてそうなったのか。問題は西欧近代的自我というやつでしょうね。そう思ったから、それだけじゃないけれども、『バカの壁』を書いたわけです。

西欧近代的自我とはなにか。つまり個人があって、その個人とは本質的に変わらないこの私だ、というわけです。でも、そんなものはない。私はそう思ったわけです。だって、物質的に考えたって、去年の自分と今年の自分では、からだを作っている物質は、ほとんど入れ替わっているんですからね。現代人は「客観的な」人たちなんでしょ。客観的ということは、科学的ということで、それなら自分がどんどん変わるということは、物質的には認めなけりゃいけません。それなら「同じ私」なんて、ない。

「でも自分というものがあって、それは本質的には変わらないでしょ、自分の性格とか、考え方とか」。そうはいきません。それも変わります。どのくらい変わるかって、生まれたときは、たぶんなにも考えてないし、死んだらなにも考えないでしょう。ゼロと「ある」とでは、えらい違いじゃないですか。

性格は変わらないって？　じゃあ、躁《そう》うつ病はどうなりますか。「躁」と「うつ」では、大変な違いですよ。ネアカとかネクラとか、若い人はいいますけど、それなら躁うつの人は、どっちなんですか。「どっちでもなく、両極端に振れるのが、その人の個性なんだよ」。それならネアカもネクラもないでしょ。

私の女房がよくいいますよ。「あんたに会ったころは、ずいぶん暗い顔をしてた」。いまはそんなことはいいません。あのころは暗かったけれど、いまは暗くないんです。じゃ、私の性格はネアカかネクラか。人はどっちにもなるんですよ、状況や頭の具合しだいで。

ほかの本にも書きましたけれど、じつは心に個性はありません。そう認めるしかないんです。心に個性があってもいいんだけれど、それは他人には無関係です。私だけにわかって、他人にはわからないこと、それは他人にとって意味がありません。私だけの感情、これも無意味です。なぜなら、定義により、他人はそれを理解しないからです。

個性があるのは、身体《からだ》なんですよ。脳も身体のうちですから、脳の個性はむろんあります。古舘伊知郎《ふるたちいちろう》さんの脳は、脳梁《のうりょう》が人並みはずれて大きいんです。たぶんそれがあって、あれだけ言葉が上手なんです。それは古舘さんの個性といっていいんです。でも、だからって、古舘さんは他人にわからないことをいうわけじゃないですよね。他人と違うところで、突然怒ったり、笑ったりしませんよね。

個性は心にはなく身体にある

これ以上の説明はしません。私としては何度もしたからです。でも重要なことは、西欧近代的自我がこの社会に入ってきた明治以来、ある常識ができたということです。それが「個人主義」です。それから生じた考え方が、個人にのみ帰属する独特の思想がある、という前提です。だからノーベル賞なんでしょ。優れた科学的業績があげられるのは、その人にそれだけの才能があるからだ、と。

よく考えてみると、それは違うでしょ。ノーベル賞クラスの仕事でも、他人が理解しなければ、評価のしようがありません。他人が理解できるということは、その他人も「同じことを考えている」ということじゃないですか。「でも、その人は自分では思いつかなかったでしょうが」。そうかもしれないし、そうでないかもしれない。みんなが理解できるということは、だれかが思いつく可能性が高いということですからね。

生物学史で有名な例をとれば、メンデルの法則がそうです。メンデルが生きてる間は、メンデルの論文はまったく認められませんでした。ダーウィンの手元には、メンデルから送られた論文の別刷《べつずり》があったそうです。でもそれには、読まれた形跡がない。実際にダーウィンは、遺伝の法則を理解していませんでした。ところがメンデルの論文以後、三十年だかを経て、三人の学者がメンデルと同じ結論に達します。そこでメンデルの法則が再発見されるわけです。

つまりどんなに独創的といわれる仕事でも、他人が理解しなかったら意味がないんです。ところが、他人が理解するということは、「同じことを考えてる」ということですからね。

私はべつにノーベル賞の悪口がいいたいんじゃありません。その背景にある個人主義を指摘しているんです。脳には個性があるんですから、人によってはたらきが違うのは当然です。でもそのはたらきの結果は、人間のあいだで「共通」でなければ、意味がないでしょ、といってるんです。ところが個性そのもの、あるいは個性の源である身体は、他人と共通してないんですよ。だから個性は心ではなくて、身体なんです。もうこれはあちこちでくどいほどいいましたから、これくらいでいいでしょう。

億兆《おくちょう》心を一《いっ》にして

心に個性があるという偏見は、いまでは偏見でなく、常識です。「それで当然じゃないか、だって俺にはピカソの絵は描けない、だからピカソは天才なんだ」。でも、コンピュータにピカソの癖を入れて、似たような絵を描かせる。そうしたらピカソ風の絵を描くでしょうね。モーツァルトの癖を入れて、新しいモーツァルトの曲を作ることもできる。素人《しろうと》はそれにだまされるでしょうね。人間だって、ピカソの真似《まね》はできるはずです。だからどんな画家でも、贋作《がんさく》はたくさん生まれる。まともな人がどうしてそれをしないのかといったら、ピカソを真似したら、真似したことがわかるからでしょうね。

真似には価値がない。それが西欧近代的自我の「要求」です。だから真似を禁止するんでしょ。禁止すれば、同じようなものは、そりゃできてきませんわ。そうしておいて、ピカソは「個性的だ」という。本当に個性的なら、真似を堂々と許したらいいじゃないですか。本当に個性的だってことは、真似ができないってことでしょ。できないんなら、真似を禁止する理由はない。だって、鑑賞者に同じような感動を与える贋作だったら、ホンモノと価値は同じじゃないですか。

その根源にあるのは、西欧近代的自我です。私は私、同じ私、それは独特の存在で、そこには個性がある。そう考える。身体については、私だって、それを認めます。イチローの真似をしろといわれたって、できません。高橋尚子《たかはしなおこ》の真似をしろといっても、できないでしょう。だってあれは身体の能力ですから。でも、心つまり意識の活動、正確にはその結果については、根本的には個性を認めるわけにいきません。

個性を心の成果にまで拡張したのが、近代の間違いのはじまりですよ。私はそう思っているんです。だから共同体が壊れた。

「共同体とどんな関係があるんだ」。教育勅語を見れば、書いてあります。「億兆心を一にして」とあるじゃないですか。心は最終的には、たがいに共通するものだからです。「でも、女房とまったく同じ気持ちになれといったって、そりゃ無理だよ」。それは当然です。そもそも男女は身体がまったく違うんですからね。そうではない。共通する部分しか、たがいに了解はできないじゃないですか。意識、無意識を通じて、共通の了解をできるだけ進めていく。その工夫の上に成立するものが共同体です。その最小単位が家族です。さらにそれを限定すれば、夫婦になります。だから夫婦は一心同体という。

家族はふつう血縁の単位と見なされます。でも、共同体という面から見れば、じつはその最小単位は夫婦です。「夫婦は他人」なんですから。他人が一緒になって、ひとつの「共同」の「体」を作る。それをまさに「体現する」のが、二人のあいだの子どもです。

「世間」が西欧近代的自我の怪しさを教えてくれた

明治に西欧近代的自我が入ってきたとき、インテリは悩みました。「時代はこれからは個人主義だ」。そうわかってはいるんですが、「個人主義にはどうもよくわからないところがある」。そりゃそうで、右に述べたように、個人主義には無理なところがあるからです。

いちばん悩んだ人は夏目漱石《なつめそうせき》じゃないでしょうか。「私の個人主義」なんて講演をしてますよね。悩んだ挙句《あげく》、まだ五十歳にならないのに、胃潰瘍《いかいよう》で胃に穴があいて、死んでしまった。死ぬ前にいっていた言葉が「則天去私《そくてんきょし》」。これ、どういう意味ですかね。天に則《のっと》って、私を去る。なんとなくわかりませんか。「私」、当時なら西欧近代的自我。そんなもの、ありゃしないんじゃないか。粛然としますよ、私は。私だけかもしれませんけど。

私自身、若いときは、まるっきり西欧近代的自我を信じてましたからね。その思想に反することを「封建的」だと考えてました。そう教わるんですから。とくに自然科学の世界ですからね。つまりノーベル賞の世界です。かといって、それを他人のせいにするつもりは、もちろんありません。考えが足りなかった。そう思います。あとでまたいいますが、私は社会に出るのが、ふつうの人より遅かったんです。おかげで、いま思えば、育ちそこねのところがかなりありました。

西欧近代的自我の怪しさを、私に教えてくれたのは、結局は勤めでしょうね。つまり日本の世間です。私が育ったころは、日本の共同体が、まだいまよりはちゃんと生きてましたからね。そこで仕事をするようになると、私が頭で考えていることと、社会でまっとうに働いている人が考えていることが、ズレてることはすぐにわかりました。でも私も若かったから、自己主張もしましたね。それで恩師と喧嘩《けんか》したりもしました。でも、私より十年下の団塊の世代のように、先生たちと決定的に対立することはありませんでした。育った時代の違いだと思います。

第3章

お勤めご苦労さん

逆向き人生論ですから、死ぬことの次は、定年ですね。お勤めご苦労さん、というわけです。やっと、長いお勤めが終わった。べつに刑務所を出たわけじゃありませんけど、ちょっと似てませんか。勤めているうちは、人生いろいろと不便ですからね。勤め先から出られない。

どこが不便かって、第一に、簡単には休めません。努めず、休まず、働かず。そんなことをいう人もあります。

知り合いに小学校の先生がいます。虫取りが好きで、ときどき一緒に山に行きます。こちらは定年後で暇ですから、虫取りに行こうよって誘うんですが、子どものころと違って、相手に暇がない。近頃は小学校の先生には、夏休みもないんだそうです。夏休みがあるから、虫取りに行ける。それで先生になったのに、これじゃ詐欺《さぎ》じゃないか。私なら、そう騒ぎますが、友人はまじめな人ですから、そんな騒ぎは起こしません。そういう人を誘惑しちゃいけないと思って、こちらも我慢します。本人も我慢の世界ですが、どうでもいいこちらまで、おかげさまで我慢の世界です。それがお勤めというもの。だれでも我慢させちゃう。

だから定年になるとホッとする。その気持ちは複雑ですね。長年勤めたところに、もう必要ないといわれる。でも自由になって、責任がなくなります。どちらがいいか、それは人によって違うでしょうね。

「勤めている私」は、いまは前世のよう

私は東大医学部に二十八年勤めて、定年の三年前に辞めました。しみじみ楽になりましたね。べつに大学で大して働いたわけじゃないのに、なぜそんなに楽になったのか。

よく書くんですが、三月三十一日に正式に退職して、翌四月一日に外に出た。そうしたら、世界が明るいんです。家の外が本当に明るく見えたんですよ。ビックリしましたね。世界って、こんなに明るかったんだ。そう思いましたもの。それでテレビ局に行って、そこに居合わせたみなさんにそういったら、「あたりまえじゃないか」といわれました。たまたま勤めを辞めた経歴のある人が、その場に何人かいたんですよ。だからそういう体験が私だけじゃないことがわかりました。

こればかりは、辞めてみなけりゃ、わかりません。つまり辞める前と、辞めたあとでは、私は「人が変わった」んです。だって世界の明るさが変わったわけじゃないですからね。あのころ、太陽のエネルギーが変化して増えたって話は、聞いてません。

どう変わったかって、そんなこと、正確にはいえませんよ。だって、変わる前の「勤めている私」は、もういないんですから。「辞めた私」はいましたけれど、それと「勤めている私」は、比べようがない。いまいるものと、もういないものを、比べようがないじゃないですか。

「それにしても、辞める前の気持ちを覚えているでしょうが」。それが覚えてないんですよ。これを書いてるいまでは、十年も前のことになります。そのくらい前になると、もはや前世という感じです。いくらか覚えていることは、自分が一生懸命になっていた、いくつかのことです。それだって、なんであんなことに一生懸命だったんだろうと、自分で不思議に思ってますよ。前に書いた恋愛と同じですね。「あんな女になんで夢中になったんだろう」。それです。

そういうことがあって、人は変わると、本気で思うようになりました。そう思ってみれば、思い当たる節はいろいろあります。それがいくつかの著書の主題になりました。辞めたおかげで、その後の仕事の種もいくつかできたんですわ。

もちろん、自分には変わらない面だって、当然ありますよ。虫が好きなんていうのは、まったく変わってない。それは個性でしょうという人もあるかもしれませんが、虫の好きな人なら、ほかにもたくさんいますよ。大勢知ってます。べつに私だけが虫が好きなわけじゃない。個性というより、虫好きという、人間の種類なんじゃないですかね。そう思えば、人間にもいろんな種類がありますよね。女好きなんて、虫好きより多いんでしょうね。

「我慢する」のが当然だった

定年のよさがあるとすれば、私の場合なんか、典型じゃないですか。正確には定年前ですが、まあ定年といってもいいでしょう。おかげさまで、ずいぶん幸せになりました。ということは、それまで我慢してたってことです。

じゃあ自分で「我慢してる」と思っていたかというと、かならずしも思ってませんでした。どう思っていたかというなら、「それで当然」と思ってましたから。勤めに通って当然、仕事で面倒なことが起こらないように気を配って当然、人事に関わりたくないんだけど関わって当然、他人の面倒をみて当然、などなど。この「当然」が、辞めたとたんに全部なくなっちゃいました。世界が明るくなるわけですわ。そういう厄介ごとを、考えないでいいんですから。

そういうことが好きな人なら、私のようには思わないでしょう。辞めたら寂しい。そう思うかもしれません。私の場合には、寂しいどころじゃありません。生活も辞める前より忙しくなっちゃいました。

辞める前は、いちおう国家公務員ですから、職務に専念する義務がありました。だから大学の外で仕事をすると叱《しか》られます。外で仕事をするときは、気持ちの上で遠慮があります。それで気疲れするんですわ。東大教授ともあろうものが、なぜそういう余分な仕事をするのか。いちいちその言い訳を、自分なりに考えなきゃなりません。やって当然だと、自他ともに思うような仕事をしているなら、そんなに疲れません。大学の授業がそのはずです。ところが私の場合は、授業のほうも疲れるようになりました。教授会はもっと疲れる。

つまり、やりたくないことを、無理してやってたんでしょうね。結局は勤めているうちに、自分が変わり、考え方が変わってきた。でも本当に辞めるまでは、自分が「変わった」ってことに気づかなかった。「私は私、同じ私」、そう思うのが当然とまだ信じてたんでしょうね。

それなら、はじめから大学の生活が性に合わなかったのかというなら、それも違うと思います。ほぼ三十年、辛抱して同じ大学に勤め続けた。だからこそ、辞めたときに、楽になったんだと思います。勤め続けた、それだけの時間がなかったら、そうは思わなかったに違いないんです。それだけ辛抱したから、あとの人生で使える蓄積もできた。

我、事において後悔せず

そう思ってますが、じつはそう思うしかないんですよ。それでなければ、辛抱して勤め続けた時間が、ひょっとすると、ムダじゃなかったかと思うかもしれない。済んじゃった苦労をムダだと思うくらい、ムダなことはありませんからね。

人生、考え方次第だというのは、こういうことでしょうね。「三十年も、あんなところに勤めなきゃよかった」。そんなことを考えたって、過ぎた三十年が戻ってくるわけじゃない。それなら、あれでよかったんだ、あれが必要だったんだ、と思うべきなんですよ。

これは万事に通じる考え方です。「我、事において後悔せず」。そんなことを古人がいったといいます。『五輪書』の宮本武蔵《むさし》です。それでしょ。すでにやってしまった以上は、その結果がよいほうに向かうように、あとの人生を動かすしかないじゃないですか。済んじゃったことを、ブツブツいっても、いまさらはじまらない。

周囲を見ていると、そういうブツブツをいう人は、あんがいいますよ。大学でいうなら、人事のもめごとがそうです。「あんなやつを教授にしやがって」。下の人たちがそう怒ってる。それを怒るよりは、あれが教授になったんだから、これから自分はどうすれば最善か、それを考えたほうが、ものごとがうまくいく。あんなやつの下じゃ働けないよ。本気でそう思うんだったら、後足で砂かけて、さっさと辞めちゃえばいいんです。

辞めたあとも、あのとき辞めなきゃよかったなんて思うのは最悪です。だって、辞めちゃったんですから。辞めたら世の中明るくなった。そう思えるように生きることです。

「いうのは簡単だけど、そうはなかなかできないよ」。でしょ。だから辛抱するわけ。気に入らないけど、なんとか辛抱して勤める。それをイヤイヤやってはいけません。そうなると、相手も気がつきますからね。それでまた事情が悪くなる。自分だって疲れる。これは悪循環です。

どう考えればいいかというなら、もう書いたじゃないですか。それで当然。そう思うことです。自分の思いだけは、自分で動かせるはずですからね。それを、相手の気持ちのほうを動かそうとしたら、大変な手間になります。自分の女房だって、考えを変えさせるのは、容易じゃないんですからね。そのつもりが、やってるうちに、自分のほうが変わっちゃう。じつはそういうことのほうが多い。

「世間という大きな書物を読むために」研究室を出た

仕事で私が辛抱したことといえば、死体の引き取りでしょうね。解剖の世界では、亡《な》くなった人があると、引き取りに行かなくちゃなりません。生きているうちに、「死んだら解剖していいですよ」。そう約束してくださる人があります。それを献体《けんたい》といいます。でも献体してくれる人は、患者さんとは違って、自分で大学に来てはくれません。なにしろ本人が死んじゃってますからね。だから、こちらが引き取りにうかがうわけです。

多くの人がこれを嫌う。研究者のする仕事じゃない。そういうんです。まあ、それもわかりますわ。いまの人体解剖は、ほとんど教育のためです。研究はべつなことをしている。その研究こそが自分の仕事だと、研究熱心な人は思ってますから、引き取りには熱心じゃない。例外はありますけどね。

私はその引き取りを、ずいぶんやりました。仕事だから当然。そう思ったわけです。イヤだと思ったら、できませんわ。相手の方にも失礼じゃないですか。だから、どうせやるなら、喜んでやりましょ。そう思ったわけです。でも、人が死んだら嬉《うれ》しいってわけじゃない。だからせいぜい、仕事だから当然、と思うしかない。

いまにして思えば、これが勉強になりました。だって、まさに外の世界、世間に出ますからね。いろいろな人に出会うし、いろいろな目にあいます。それも仕事のうちです。しかも、ふつうにしてたら、経験できないことが多い。

デカルトの『方法序説』だと思いますが、「世間という、より大きな書物を読むために」、自分は書斎を出たという記述があります。この本は、研究者になろうと思った若い私に、大きな影響を与えた本のひとつです。大学院の入試のあいまに、この本を読んでいた記憶があります。

前章で死について論じました。そういう考え方だって、引き取りのような仕事をするなかで、覚えてきたことです。からだで覚えたことですから、ある種の自信がありますね。世間的にいうなら、無茶に聞こえそうなことでも、そうした自信があれば、平気でいえます。それがこうした「実業」から得た知識のいいところですよ。でも、いわゆる研究とは違いますわ。だから私は、解剖学とはなにかとか、死とはなにかとか、そんなことを考えるようになったんです。

私の価値観が確立した瞬間

いま急に思い出しましたが、こういう引き取りの仕事を熱心にやっていたのは、助教授のときです。教授は私の恩師、中井準之助《なかいじゅんのすけ》先生です。偉い先生でしたな。お世辞じゃありません。お弟子さん、十三人が解剖の教授になりましたもの。どこが偉いか、おいおい説明しますが、価値観が明瞭《めいりょう》でしたね。私みたいに長話はしない。一言で本質を突く。そういう人です。

その先生にいきなりいわれました。「助教授がなぜ引き取りの仕事をするんだ」。叱られたんですね。研究をするのが私の第一の仕事なんですから。同時に心配もしてくださったわけです。私の将来を考えれば、引き取りなんて余分かつ邪魔な仕事です。そのために技官もいれば、助手もいる。引き取りのために研究業績があがらなかったなんてことになれば、教官として本末転倒《ほんまつてんとう》です。

私は反論もせず、一言もいわずに、横っ飛びに逃げました。先生に叱られると、こたえるんです。それまでは、いつでもそうでした。私の悪い点を、一言で尽くす人ですからね。でも、このときは違いましたね。先生、そりゃ違いますよ。内心ではそう思った。でも反論はしませんでした。いま思えば、私の価値観が確立した瞬間ですね。私の考えていることと、先生の考えていることは違う。私は私の価値観でやってる。そのときに、たぶんはじめてそう思ったんですね。

このときは、大学紛争後の悪い時期でした。それまでいろいろあって、中井先生は学部長を二期、四年務められて、医学部からはじまったことになっている、あの大紛争を始末されたんです。講座の実質的な責任は、その間、私が持たされてました。先生がほとんど留守でしたから、私も自分で考えるようになったんです。それから先生が教室に戻られた。そのころの話です。

解剖学教室という看板を掲げている以上は、引き取りは必要です。それをだれかにまかせられたらいい。それはわかってます。でもあの時代は、さまざまなことが「問題」になる時代でした。そこでうっかり不祥事でも起こしたら、面倒なことになります。死体の取り扱いというのは、そうした面倒が起こりやすい世界なんです。それは実際にやってみればわかることです。それもあって、研究者がいやがるんですよ、こういう仕事を。死体や骨の扱いを、ジャーナリズムで問題にされてしまった大学も、いくつかありましたよ。とくに紛争後です。いわゆる内部告発が多かったんです。

そういうことを私が自分でやっていて、事件が起こったのなら、諦《あきら》めがつきます。自分の力不足なんですから。でも他人にまかせて問題が生じたら悔いが残る。そう思っていたんです。それを先生にいうつもりはありませんでした。先生は先生で、大学全体、医学部全体という、より大きな責任を背負っておられたんですから。

子は親の背中を見て育つという。そういうことかもしれませんね。私は私なりに、自分の責任を果たしたかったんだと思います。当時はそんな意識はありませんでしたけどね。そのころから、私はすでに学界の既成の価値観にも、疑いを持っていたんでしょうね。立派な論文を国際誌にいくつか書いて、業績をあげる。そうしなければならないのかなと思ってはいましたけれど、それは自分のなかから自然に生じた研究の動機ではありません。あたりまえじゃないですか。そんなこと、私が決めたわけじゃないんですから。

目の前の、紛争後の大学の現実のほうが、私にとっては切実に思えたんです。そういう意味で、あの紛争は、私にはずいぶん遅れてやってきたんですよ。そういっても、おわかりいただけないかもしれませんね。

大学紛争が収まってから、まだ考えていた

全共闘は大学解体を叫んでました。学問とはなんだ、研究はなんのためだ。紛争が収まってから、私のほうは、それに対する返事をまだ考えてたわけです。なにしろ考えるのが遅いんですよ。

医学部には紛争中に助手会というのができて、いわゆる封鎖で研究室が使えなくなったから、助手たちが集まって、いろいろ議論しました。一年のあいだにだんだん人数が減って、最後には五人くらいになったことを、よく覚えています。そのうち三人は全共闘系です。ノンポリは私と、もう一人だけ。あとの人たちはどうなったかというなら、そんな議論はバカバカしいというので、よそで研究できる場所を見つけたりして、助手会には出なくなりました。いってみれば私は、

あの紛争をバカ正直に正面から受け止めた形でした。助手になって二年目の新米でしたからね。

じつは私は、ものごとの理解が遅いんです。こんな本を書いたりしているから、早いと思う人もいるでしょうが、いまでも他人のいったことを、一年間考えたりするんです。だから、ただいま現在のことを、あれこれ議論するような会議は、徹底的に苦手です。その場の議論についていけないんです。だから会議では意見をいわなくなる。教授会で意見をいったのは、十三年のなかで一回だけですからね。なにしろ一年考えて、それからやっと返事ができるんですから。蛍光灯もいいところです。

答えは自分なりにはわかっていることもあるんですよ。でもそれが言葉にならない。そのときは、まだ他人に上手に伝えられないんです。ある問題について、その周囲をできれば全部、考えようとする。私にはそういう癖があるんです。それからなにかいう。だから本がたくさん書けるんだと思います。本には、これまで考えてきたことを、ゆっくり書くんですから、それが可能です。

でも対象がいま生じていることだと、それに対して適切に返事ができないんです。いまの状況をかいつまんで、端的に反応し、表現する。それができません。だから政治の議論が苦手なんですよ。周囲の問題を含めて、いちおう自分なりに全部考えて、それから返事が出てくるんですから。

だから全共闘なんて古い話を、いまになって書いているんです。四十年も前の話じゃないですか。それだから助手会にも最後まで付き合うことになったんでしょうよ。気の利《き》いた人たちは、とうにわかって、そんなところには出なくなってました。みんなのいうことを聞いて、自分なりの意見を作る。それにやたらと時間がかかるんですよ、私は。

そういう性質ですから、私のところには、紛争が遅れて来たんですよ。そういうしかないじゃないですか。だれかがなにかいったり、したりしたことを考えて、しばらく経《た》ったところで意見をいう。紛争中の教室の会議で、先輩に笑われましたよ。「いまごろ、そんなことをいっている」。そういった人は、理解の早い人でしたね。でも世間的な意味では成功しませんでした。頭が切れすぎるんですよ。東大にはそういう人は多い。よくカミソリっていうじゃないですか。ところがカミソリは、いったんなにか切ると、もはや切れなくなっちゃう。

でも人生は長いんです。六十五歳で、突然本が売れたりするんですからね。世間でいう「運、根、鈍」の「鈍」です。私が鈍だというと、笑う人もいるでしょうが、鈍なんですよ、私は。運の話はもうしました。

テーマが勝手に増える

全共闘が問題にした、研究はなんのためだということを、私はその後ずっと考えてました。べつに私は全共闘じゃない。なんで私がそんなこと、考えなきゃならんのだ。よくそう思いましたよ。でも自分の大学生活のなかで起こった、あれだけの大事件です。関係ない人には、大した事件じゃないでしょうよ。関係者であっても、紛争が終わってしまえば、もう関係ないと思ったかもしれない。でも私の場合には、なぜかそれが違ったんです。いつもの調子で、理解が遅いまま、いつまでたっても、なんとなく考えてました。

なんであんなことが起こったんだ、あいつら、なにがいいたかったんだ。そればかりじゃありません。つぎつぎにいろんなことが起こったんですよ。たとえば、よど号のハイジャックとかね。テーマのほうが勝手に増えちゃうんです。あれに参加した小西隆裕《こにしたかひろ》というのは、いまでも北朝鮮にいます。東大医学部の学生だったんですよ。医学部の全共闘のリーダーだった今井澄《いまいきよし》は、その後参議院議員になって、もう死にました。全学（共闘会議）の議長だった山本義隆《やまもとよしたか》は、平成十五年度の毎日出版文化賞と、朝日新聞社の大佛次郎《おさらぎじろう》賞と、ダブル受賞の本を書きました。なぜこの三人が呼び捨てかというと、私の記憶のなかでは、まだ学生か、同輩なんですよ。

大学のお膝元《ひざもと》で起こった大事件、それがなんだったのか、それを解明しない大学とはなにか。いまでは東京大学は、そんなこと、まるで起こらなかったような顔をしてますものね。

あの事件の責任をとって、辞めた教授はいません。大学のやり方が気に入らないからと辞めた教授も、学生に脅迫されるからと怖がって、大学にまったく出勤せず、結局詰め腹を切らされた教授もいました。

でも「あのできごとは、こういうことだった。ついては私にも、これこれこうした責任があると信じる。多くの方にご迷惑をおかけしたことについてお詫《わ》びし、その責任をとって辞めさせていただきたい」。それをした教授は一人もいませんでした。その点では、私はこの前の戦争を思い出しましたよ。いいたくはないけどケジメがありませんでしたね、あの事件は。

そうなると私はヘソ曲がりですから、ますます考えようと思う。なんだったんだ、あの騒ぎは。結局、大学を辞めるまで、自分のなかでブツブツ考えてました。こう書いているところを見ると、まだ考えてるんでしょうね。議長だった山本義隆が、物理学の歴史なんか書いているのに、全共闘になんの関係もない私が、ありゃなんだったんだと、考えている。変なものですな。

フリーターになりたかった

紛争後二年ほどして、大学が落ち着きました。そろそろいいだろうというので、その前から考えていた留学をしました。オーストラリアに行ったんです。一年あまり住んだ、はじめての外国です。ですからいまでも、オーストラリアには土地勘があって、居心地がいいですね。

最低二年の留学の予定で、あちらの心臓財団から滞在費を出してもらいました。ところが着いて数ヶ月で、恩師から連絡があって、助教授に決まったから、すぐ帰れというんです。一人で怒ってました。いくらなんでも、そりゃないよ。これには先生のほうにも前科があるんですよ。大学院を卒業したとき、すぐに留学しようと思いました。就職口もなかったんです。講座の助手は二人で、それはすでに埋まってましたからね。それでイギリスに行こうと思って、あちらの奨学金を申請するつもりだったんです。ところが先輩の女性が助手でいました。この方は同級生結婚で、旦那《だんな》さんのほうも研究者だったんです。その旦那がイギリスに急に行くことになったという。だから奥さんのほうもイギリスに行きたい。ついては私と同じ奨学金を申請するというわけです。私のほうは、こっちが先約だと頑張った。そこで恩師が、私のほうを助手に採用する。そのかわり奨学金の申請を下りろという。推薦状をふたつ書くわけにいかないというのです。それで大喧嘩《おおげんか》して、それでも最後にこちらが折れて、助手になったんですよ。

本当は助手になりたくなかった。どうせ食えないんなら、義務がないほうがいい。そう思ってましたからね。いま思えば、ちゃんとした職について、下手に社会的責任を背負うより、勝手に風来坊をしていたほうがいいという、いまのフリーターのはじまりみたいな考え方だったんでしょうね。当時は家庭教師もできたし、医師免許が取れてましたから、病院に勤めに行けば、助手の給料程度のお金は稼げたんです。だからますますいけない。

大学教師の給料が安すぎた時代だったんですよ。昭和四十年代のはじめです。いまでも覚えてますよ。中井先生と二人でタクシーに乗って、たまたま話題がお金の話になり、先生が「運転手さん、一ヶ月にいくらくらい稼ぐの」と尋ねた。そうしたら、東大教授の中井先生の給料より、かなり多い額だったんですよ、その返事が。さすがの先生も憮然《ぶぜん》としてましたね。

先生の先生、戦前の帝国大学教授なら、待遇がまったく違ってましたからね。戦後は駅弁大学といって、アメリカ式の大学大衆化がはじまり、やたらに国立大学を作った。だから教師の給料を上げられなかったんです。戦前より人数がだいぶ増えちゃいましたからね。

私のなかで紛争は終わっていない

ともあれ、そういうことで、帰らなければいけないところを、一年滞在を許してもらって、一年二ヶ月経って帰国しました。それでも約束が違うと、オーストラリアの教授は文句をいってましたね。助教授としては、ちょうど十年働きました。

帰ってみて驚いたことは、留学に出る前と、大学の状況がまったく変わっていなかったことです。留学に出たときは、ともあれ授業が平常に戻って、学生の雰囲気も紛争時とはずいぶん変わってきていましたから、その勢いで、さらにそのままふつうになっていくと、勝手に信じてたんですね。それがまったく違っていた。戦線膠着《こうちゃく》状態です。助教授も教授会に出ますが、そこに共闘系の助手などが殴り込んでくる。その状況がずいぶん長く続きましたよ。森亘《もりわたる》総長の時代まででですから、世間もそのころには呆《あき》れてましたね。まだやってる、って。そういうこともあって、ケジメがなかったと書いたんですよ。あの紛争がいつ終わったのか、それすらよくわからないんですから。

私が助手になって一年目に、東大紛争が起こったんです。私が辞めるころに、やっとほぼその影響が消えましたね。医学部内で紛争がほぼ完全に過去になるまでに、二十年はかかったでしょうね。世間の人はそれを知らないと思いますよ。まして私自身の考え方や人生に、あれが与えた影響なんて、だれも考えないでしょうね。私の医学部時代というのは、要するに紛争の後始末だったと、自分では総括《そうかつ》しています。この総括という言葉も懐《なつ》かしいくらいです。

山本義隆の『磁力と重力の発見』（みすず書房）という本が、新聞社の賞をダブル受賞したとき、私は両賞の選考委員でした。受賞には賛成しましたが、選評は拒否しました。いいたくないんですよ、なにも。まだ私のなかでは、あの騒ぎは決着がついてませんからね。山本義隆個人に対して、べつに感情的になっているんじゃありません。ただしあの事件、それをめぐるすべてに対して、感情的になっているのかもしれないと思います。ね、こういうふうに、遅いんですよ、私の反応は。

死ぬまでに、もっときちんといえるかどうか、それは私自身の自分に対する宿題です。定年で積み残した問題があるとすれば、私の場合にはこれですね。「山本義隆、こらお前、総括しろ」。そんな気持ちがまったくないといえば、嘘《うそ》になります。でもその総括が聞きたいかというなら、まったく聞きたくないですな。問題は山本義隆の頭じゃない、私の頭の整理ですからね。あんな物理の歴史本を書いているんじゃ、山本は総括なんかしないよな。そういう気持ちもありますよ。そんなふうに思う、この私は、ひょっとすると全共闘なんですかね。

第4章

平常心

大学での研究って、なんですかね。研究活動が制度として保障されていると、そういうことは、ふつう考えませんね。会社の仕事だって、同じでしょうね。仕事だからやって当然と、やっている人は思っている。そこに疑いを持ちだしたら、じつに厄介なことになりますね。それがなんとなくわかっているから、ふつうの人はそういう疑問をなるべく起こさないようにしてるんでしょ。そんなこと考えたら、具体的な仕事の邪魔になるにきまってます。

じゃあ、なぜ私はそんなことを考えるのか。ごく並《な》みくどいようですが、そりゃ東大紛争のせいですよ。あれがなければ、ごく並みの研究者になったかもしれないと思います。「学問とはなにか」、「研究とはなにか」、「大学とはなにか」。大学紛争のあいだ、そんなことを丸一年間、考えることになりました。

若い者がそんな疑問を考えたところで、簡単に解答が出るわけはありません。ところが私は、一度生じた疑問について、あるていどの答えが出るまでは、考えないといられない性質です。だからどうなったかというなら、その種の疑問を抱えたまま、生きることになってしまった。

大学紛争が起こったとき、私は助手になって二年目でした。学位論文が済んで、次の論文を書いて、それが英国の解剖学の雑誌に採用されたところでした。研究というものを自分でやる。その自信がついて、やっと一人前の研究者になりかかってたんですね。

日本は「読み書きソロバン」の国

ちょっと横道ですが、この二番目の論文でよく覚えていることがあります。学位論文も英語で書いて、同じく英国の発生学の雑誌に出たんですが、英語に自信がないから、いちおうアメリカ人に見てもらいました。二番目の論文はまったく自分で書きました。そうしたらレフェリーが、著者は英語のネイティブだろうと、コメントを書いてきました。そうじゃなくて自分で全部書いたんですよ。なにがいいたいか。私が文章を書くことを覚えたのは、こうして英語の論文を苦労して書いたことが基礎なんです。書くときは、頭のなかで、いいたいことを、英語で何度もくりかえします。そうすると、頭のなかだけで、ほとんど論文ができちゃうんですよ。もちろん、忘れないように、ときどき書きつけます。日本語を下敷きにして英語に翻訳するんじゃありません。はじめから英語で考えるんです。助手から助教授時代の十五年間、それをやってました。それがいまでも日本語の文章を書く、その訓練になったんでしょうね。オーストラリアに行ったのは、三番目の論文のあとです。

英語をしゃべる環境にまったくいたことがなくても、書くことはネイティブ並みにできるんですよ。しゃべるのと書くのは違う。それは、脳を研究するようになって、当然だと知りました。しゃべれなくたって、ちゃんと書けるんです。それは私が日本人だからです。この国は「読み書きソロバン」なんですからね。その理屈が知りたければ、私のべつの本を読んでくださいね。たとえば『考えるヒト』（ちくま文庫）。

日本の英語教育では、その議論がくりかえし出ます。「あれだけ英語教育をしているのに日本人はしゃべれないじゃないか、英語教育が間違っているんだ」。従来の英語教育批判派は、かならずそういいます。私の意見を聞いてないんですよ、きっと。たしかにしゃべるためには、しゃべる訓練がいります。しかしそれは読み書きとは違うんです。本当に英語をマスターしようと思うなら、両方が必要なんですよ。いままでの教育が悪いんじゃないんです。いままでの教育は読み書きの教育なんですから。なぜそうなるかというと、日本語は読み書きが中心だからです。脳を調べると、わかります。英語教育を本気で考えるなら、脳のことを知らなけりゃならない。結論はそういうことになります。日本人は、読み書きが中心という、世界でも例外的な言語である日本語を使っているから、言葉の教育に関するノウハウが、読み書きのノウハウになっちゃうんです。おしゃべりのノウハウにはならないんですよ。

英語教育に限りませんよ。教育は脳の問題です。でも、私がそれを考えはじめたころは、周囲からいろいろいわれましたよ。いまではやっと、それが常識に近くなってきましたけどね。まだまだ先行きは大変です。この話はまたにしましょう。

東大紛争が私の人生を変えた

さて本題に戻って、東大紛争でなにが起こったかというなら、研究室を追い出されたんです。研究者としての仕事がはじまって、自分なりに勢い込んでいたところに、ゲバ棒、覆面の学生たちが、ワッショ、ワッショとやってきて、研究室から追い出されました。封鎖というヤツです。

人生の時期が時期だっただけに、そのときは、とことん腹が立ちましたね。いま思えばタイミングがじつに悪かった。徒競走の出発点で突き転ばされたようなものですからね。まじめに走る気がなくなる。だから東大紛争は私の人生を変えたと、いまでもいうんです。自分の意思で闘争に参加したからじゃない。強制的に参加させられたんですわ。べつに私がゲバ棒を振り回したわけじゃありません。これが小学校二年で終戦になった、あの戦争体験と重なるんですよ、悪いことに。戦争も自分の意思に関係なく「巻き込まれる」ものでしたから。

あとから理屈はいくらでもいえますよ。でもタイミングというのは、どうしようもないんです。変な表現ですが、一期一会《いちごいちえ》ですからね。研究者としての私の人生は、ここで大きく曲がっちゃったんですよ。それが悪かったなんて、いってませんよ。官僚的ないい方をするなら「私のその後の人生に、あれが多大の影響を与えた」んですよ。

紛争は山本義隆《やまもとよしたか》の人生にも多大の影響を与えたと思います。でもそれはいわば「だれにでも見える」ことです。私のほうは、私以外のだれにも見えません。こうして書いたり話したりしてみても、私が嘘《うそ》をついてるかもしれないんですからね。あるいは自分の人生を他人のせいにしようとしているかもしれないんですから。だから山本義隆の受賞に対して気持ちが複雑なんですよ。

前章で、過ぎちゃったことについては、その後の人生が「よくなる」ように考えるしかない、といいました。だから「よくなるようにした」んですよ、私は。「学問とはなんだ」とか、「英語で論文を書くとはどういうことだ」とか、そんなことを考えるようになった。

「そういうことを考えるようになったら、『まともな仕事』の邪魔でしょうが」。そんなことは、はじめからわかってましたよ。でも、それを考えなきゃ、いけないんです。なぜかって、人生にはまた同じことが起こる可能性がありますからね。戦争になったり、紛争になったりする。それで日常の営為《えいい》が吹っ飛ぶ可能性が、いつでもあるんですよ。テロにあったら、それこそ命がないかもしれない。それならそういうことに対して、自分がどう対応するか、それをきちんと考え抜いておかなけりゃいけない。

そういう、いわば「非常時」と日常とは、どう関係しているのか。どんな非常時だって、飯は食わなきゃならないんですからね。そうしたことに対して、ある解答を持っておくことが、日常をすごすための基本になるんです。むずかしくいうなら、それが自分の「思想」になるんですよ。引き取りに励んだのも、そういうことと関係していたんですね、いま思えば。死体の引き取りがなかったら、解剖は止まっちゃうんですから。つまりそれは「日常」です。じゃあ、それと研究とは、どういう関係があるのか。研究は「独創」なんですよ。日常が独創だったら、面倒なことになりますよね。

戦争か飯か。私はぎりぎり、飯をとった

戦争は「日常」を妨害します。ともかく兵隊さんは命がけなんですからね。でも一方では兵隊は飯も食うわけです。作物を作り、飯を用意する作業も、やめるわけにはいきません。

ゲバ棒を持って研究室を封鎖に来た学生たちの言い分は、「俺たちがこんな一生懸命にやってるときに、なんだお前らは、のんびり研究なんかしてやがって」というものだったと思いますよ。それは戦争中の非国民の論理とまったく重なる。「この非常時に、口紅塗って、白粉《おしろい》なんかつけて」というわけです。それに反論するには、研究は飯と同じだよということを、相手に納得させなきゃいけない。大学は学生にそれを納得させることができなかった。だからあんな紛争になったわけです。

戦争か、飯か。ぎりぎり根本のところで、私は飯をとったんだと思います。非常か、日常か。日常だよ。私の暗黙の答えはそれだったんです。それが「引き取

り」になったんですよ。解剖するなら死体は引き取らにゃならない。でも本当に研究がしたいなら、そんなものは無視ですよ。立派な仕事をするには、そんな「日常的」なことなんて邪魔になるだけですからね。俺には俺の使命がある。こういうことができるのは俺だけだ。自分の仕事をそう思っていたら、そんな余計なことはしませんよ。死体を運ぶのは、だれだってできるんですから。

でも私は日常、だれでもできることのほうを選んだ。あそこで人生が決まったような気がします。なにしろまだ短い人生のあいだに、戦争と紛争のダブル・パンチですからね。「俺の人生を振り回すのも、いい加減にせいよ」。そんな感情もあったと思います。

一寸《いっすん》の虫にも五分《ごぶ》の魂です。立派な研究をしてノーベル賞をもらう。それも人生かもしれませんが、一人で研究をしてるわけじゃありませんからね。そうしようと思ったところで、戦争になれば吹っ飛びます。全共闘は大学解体なんていってましたけど、私は学問の解体のほうでしたね。そこまでいうなら、学問とはなにか、それを本気で考えてやる。ものを考えること、学問をすることは、飯を食うのと同じだ。それを証明してやる。

「要するに、お前には『自分の思想』がなかっただけじゃないか」。当然ですよ。たかが三十そこそこですからね。あれ以来、私は自分の思想を構築しはじめたんですよ、大げさに表現するなら。それがなけりゃ、やっていけない。どこかでそう思ったんでしょうね。そうしたら、この歳《とし》になっても、こんなことを書いている人生になっちゃった。

ある意味では、私は戦争と全共闘運動の申し子なんですよ。鬼っ子というべきでしょうね。戦争にも全共闘にも、私を生み出すつもりなんかなかった。あるはずがないでしょうが。私個人の存在なんて、そうした社会運動に比較したら、屁《へ》みたいなものですからね。騒ぎのなかで、右往左往していただけです。

『伴大納言絵詞《ばんだいなごんえことば》』という絵巻に、応天門《おうてんもん》の炎上する光景が描かれています。そこで庶民が右往左往して逃げ惑っているんですが、その表情が一人一人、じつに生き生きと描かれているんです。いわば私は、あの登場人物の一人なんですわ。つまりはその他大勢。伴大納言が山本義隆なんでしょうね。

利口な人はアメリカかヨーロッパへ行った

こうして考えてみると、助手時代といい、留学といい、助教授時代といい、人生が自分の思うようになった時期がありませんでした。助手になって二年目に、まず紛争で吹き飛ばされ、それが収まって留学したら、すぐに帰れといわれ、帰ってきたら、状況は元《もと》の木阿弥《もくあみ》状態で、医学部は相変わらずもめっぱなし、助教授になったら死体の引き取り、そのうち先生が定年になられて、先輩が教授で赴任してこられ、二年経《た》ってから隣の講座の教授になりました。教授になったときは、もう生物学がすっかり様変《さまが》わり、細胞生物学や神経科学が急速に進みだしていました。

紛争でくたくたになった日本の大学は、設備も条件も最悪です。利口な人ならアメリカかヨーロッパで仕事をしてますわ。紛争時の助手会のメンバーと同じです。人生は短い。変な議論なんかしてる暇はない。同世代の人をいうなら、利根《とね》川進《がわすすむ》氏がそれです。利根川さんはのちにノーベル賞をもらってますもの。かといって、その種の仕事をする気は、じつは以前からありませんでした。生意気ないい方ですが、そうした近代生物学の先は読めてましたし、死体の引き取りなんかやってる身分では、そうした仕事に関わる余裕も気もありません。

たとえば近年、クローンが話題になりましたが、最初のクローン羊であるドリーが生まれるずっと前に、クローンについての可能性はほとんど考えてしまってました。大学院生のときに、カエルのクローンがはじめてイギリスで作られたからです。私にとっては、このときの衝撃は大きかったんですよ。クローンの個体が多数手に入るなら、個体間の相違はすべて、発生上の相違として整理できます。クローンの場合、遺伝的性質は等しいからです。

解剖学の科学上の難点は、材料の個体差が大きいことです。それを論理的、実験的に整理するためには、クローンはきわめて有益だと思いました。クローンの臓器を移植に使う可能性も、当時すでに考えました。私は論理的に予測されると、ただちに興味を失うという悪癖があります。論理で予測されることは、そうなるにきまってるじゃないか、でおしまいです。やる気がなくなる。これは実験科学者には向かない性質です。

論理より「いろいろ」が好き。全体をつかみたい

なにに興味があるかというと、そもそも論理が立たないような、複雑な世界が好きなんですよ。虫がそうです。論理的に考えようとしたところで、筋もつかめないほど妙なものです、虫というのは。あれもあれば、これもある。論理的に予測できる暮らし方なら、昆虫はほとんど実際に実現してしまっている。しかもその上に、どういう論理で予測すればいいのか、皆目見当《かいもく》もつかないほど妙なこともしてるんです。擬態《ぎたい》がそうでしょ。ファーブルにはそういう妙な例がたくさん書いてありますよ。

べつな表現をすれば、私は生物多様性自体に興味があったんだと思います。生きものにいろいろあること自体が面白くてしょうがない。だから野生の食虫類を野外で捕まえて、解剖するという仕事をしていました。北海道に行ったり、台湾に行ったり、捕まえた材料を解剖して調べる。学問的には比較解剖学という分野です。なんとか全体像をつかみたいという欲求があるんですよ、いろいろな動物

を調べることの裏には。

結局いまでもそうです。でも近代科学は私の興味と反対の方向に進みました。それもわかっていました。だから研究者なんかやめようと、かなり前から腹の底では思っていたんですよ。私みたいなのが混ざっていると、周囲が迷惑するんです。いわば米に砂が混じっているんですからね。でも東大教授というのが擬態になっちゃうんですよ。ああいう地位にいると、まともな研究者だと世間に誤解されちゃう。

古くからの友人は、「大学辞めるというのは、お前の口癖だったからなあ」といいます。でも本当に辞めたときは、驚いてましたよ。世間の常識というのは、それほど強いものです。東大の教授なら、辞めるはずがないって。でも、自分が本質的に仕事に適合していないなら、辞めたほうがいいんです。さもないと他人に迷惑がかかります。自分も生きません。我慢して暮らしてるんですからね。その我慢が過ぎると、自分が死にます。

私が属していたのは医学部です。それなら私は病気に関心があるかというなら、まったくないんですよ。これじゃあ、医学部教授としてもダメにきまってますわ。教授選考のときに、私はその場に居合わせたわけじゃありません。だから、そのときの学部長から聞いたんですが、当時の私の仕事がトガリネズミの解剖だってことが話題になったということです。学部長は「東大だからそれでいいんだ」といってくれたようです。

いまならどうでしょうかね。「そんなやつ、いらない。なんの役に立つんだ」。それでおしまいでしょうね。実際に私はあまり東大の役には立ちませんでしたもの。

共同体は、世の中は、変わる。変わらないものは、なんだ

そういうわけですから、東大医学部という共同体のメンバーとしても、結局は浮いてたんじゃないでしょうかね。なにしろどういう人が、どこで、なにをしているのか、医学部のなかをよく知らなかったんですよ。もちろん紛争のときの助手会で、顔見知りがたくさんできました。でもとくに親しくなった人はいませんでしたし、そもそも共通の関心事が、紛争みたいなことを除けば、ないんですか

らね。

そう思えば、東大は私みたいな人間をよく置いてくれたと思いますよ。古い共同体の体質のよい点でしょうね。同じ大学の卒業生なんだから、変なやつだけど、まあいいか。どうせ解剖なんて、たいして重要な分野じゃないし、古臭い分野だけど教育には必要だし、あのていどのやつだけど、教授にしておいたって、さしたる害はあるまい。そう思われたんでしょうね。

私が教授にしてもらったころ、臨床系ではすでにそうした「古い」雰囲気はなくなりつつあったはずです。助教授が教授になる率が、一割ていどになってましたもの。どうしてかというと、東大以外の大学で業績をあげた人が、母校に教授で戻ってくるほうが、はるかに多くなっていたんです。東大以外のところで働いた経歴を、プラスに評価する。そのうちには、そういう時代になりました。ある学部長が教授会でそういったのを、よく覚えてますもの。私は学生時代からずっと東大で、外に出たことがありません。だから「俺は悪い例なんだ」と思って、それを聞いてました。

べつにひねくれてるわけじゃありませんよ。時代が経てば、世の中が変わる。

それだけのことです。じゃあ、「変わらないものは、なんだ」。それが私の関心事でした。学問とはいつ、どこでも変わらないもの、それを追うものだからです。それを、昔の人は真理といいました。

いつのころからか、真理という言葉は死語になりましたよね。大学に勤めている人たちは、いまでは自分は真理を追究しているなんて、いわないでしょうね。謙虚だから、そんな大げさなことはいえない。それがふつうでしょうね。

私自身も「真理を追究する」なんていったこともないし、思ったこともない。でもこうして人生を振り返って、自分が「変わらないこと」を追究してきたんだと思ったときに、「そうだよな」と自分で納得しました。それなら、昔風にいうなら、「真理を追究」してきたんですよ。

自分でもビックリですよ。まさかと思うけど。

中庸《ちゅうよう》をとるために極端な理論を立てる

だから「あんたのいうことは哲学だ」といわれたんでしょうね。いまでもいわれますもの。「先生の話は哲学的で、むずかしいですね」、と。

哲学者に「哲学だ」っていわれたことすらあります。亡《な》くなられた科学哲学の大森荘蔵《おおもりしょうぞう》先生と、科学哲学会で話したこともありました。学会の演壇での対話でした。本人は、「どこが哲学だ」と思ってました。いまでも思ってます。「ただの常識じゃないか」って。私は数学者でも物理学者でもないんですよ。それこそ、あんなむずかしい理屈はわかりませんわね。

「学問に日常を求める」、「日常に学問を求める」、それを哲学というんでしょうね。その意味なら、たしかに私は哲学をやってたんですよ。「死体なんかいじって、どこが日常だよ」。ふつうはそう思うでしょうよ。だから死体は日常だと、説明したんですよ、こんなにふつうなものはないって。だれでも死体になるんですから。

そういうと、「また極端なことをいって」といわれちゃう。理論をやらない人が、なかなか理解しない原則があります。理論というのは、極端であるほど、しばしば有益だということです。ただしそれで実際を動かしてしまうと、エライ目にあいますよ。マルキシズムがそうだったでしょ。

じゃあ理論の極端さがなぜ有益かというと、両極で成り立つことはそれより内側ではかならず成り立つからです。理論のよさはそこだと、私は思ってます。両極を考えて、はじめて中庸が成り立つんです。両極をちゃんと見切れば、中央はわかります。

ふつうはそれを考えないで、いきなり真ん中に落とそうとする。それを中庸だと思ってる。それをやると、周囲に引きずられます。みんなの意見を聞いて、真ん中をとろうとすると、どんどん引きずられるんです。「みんな」って、だれですか。自分の周囲の人でしょ。かならず限られたサンプルになっちゃうんですよ。たとえ日本人全体の意見を聞いたとしたって、時代というものがありますからね。「いまの時代」の意見に流されちゃうんですよ。戦争中も紛争中もそうでしたよ。

これもあたりまえですね。両極端の意見をちゃんと理解する人だけが、中庸をとることができる。いうのは簡単ですが、これはなかなか困難な道です。それを「平常心」と表現したんです。

第5章

変わらないもの

学問は真理を追究するものです。真理とは、普遍かつ不変のものです。つまり場所が変わっても成り立つし、時代が変わっても成り立つ、そういうものです。そんなものを、別にそのつもりもなく、私は追いかけたらしいんです。いま思えば、私の恩師、中井準之助《なかいじゅんのすけ》先生もそうだったと思います。ことの本質を常に突く人でしたから。本質とはつまり真理の別名でしょうからね。

自分は「変わらないもの」を追いかけてきた。それを本当に意識したのは、つい昨年、平成十五年のことなんです。じつは小熊英二《おぐまえいじ》さんの『〈民主〉と〈愛国〉――戦後日本のナショナリズムと公共性』(新曜社)という本を読んだのがきっかけでした。ずいぶん分厚い本ですが、ともかくこれを読みました。題名でわかると思いますが、「民主」は戦後を象徴する言葉で、「愛国」は戦争中を象徴する言葉です。このふたつの言葉をめぐって、戦中戦後を生きた知識人、具体的には丸山眞男《まるやままさお》や吉本隆明《よしもとたかあき》のような人たちですが、こうした人たちの「言説」を、ていねいに追究した本です。

「敗軍の将、兵を語らず」できた戦後

その帯には、「私たちは戦後を知らない」と書いてありました。私自身がそうで、この本に書かれたような知識人の言説を、私はまったく知らなかったんです。でもその私は、戦後という時代をまさに生きてきました。戦後生まれの若者なら、そういうことを知らなくて当然でしょう。でも私のような爺《じい》さんが知らない。こりゃいったい、どういうことなんだ。まず私はそう思いました。

そう思って反省してみると、なんのことはない、そういう「言説」を、私は「知りたくなかった」んだとわかりました。丸山さんなら政治思想史、吉本さんなら文学論はわりあいよく知っています。それについての著書も読みます。でも過ぎた戦争について、小熊さん流に表現するなら「そうした人たちの民主と愛国に関する言説」について、私は知ろうと思わなかったし、知りたくもなかった。そのことに気がついたんです。

なぜか。古い教育を受けた人は、思い当たるはずです。日本は戦争に負けまし

た。負けた喧嘩《けんか》について、あとになってグズグズいうんじゃない。それは私たちが子どもだったころの当然の教育です。大げさにいうなら、「敗軍の将、兵を語らず」なんです。負けたことを反省して、今度こそはなんとかしてやろう。むしろそう思うわけです。そう思って、黙って次の準備をする。

だからこそ、戦争について、「なにもいわない」んです。小熊さんの本を読んで、「これが戦後だ」と思われても困る。なぜなら、そこには「なにもいわない」大勢がいたからです。

小熊さんの本はまさに言説を扱ったんです。言説の歴史は「黙っていた多数」には当てはまりません。とくに日本の場合には、当てはまらないんです。黙っていること自体が、ある種の強い表現なんですから。もう古いですが、「男は黙って、サッポロビール」というコマーシャルがあったでしょ。

「でも『いわなきゃ、なにもわからない』じゃないか」。言説だけが存在するものだとすれば、もちろん「いわなきゃ、わかりません」。西洋人はとくにそう思う人たちです。なにしろ「はじめに言葉ありき」ですからね。

でも人間は生きて動いてます。つまり言葉と同時に、「やること」を見なければならないんです。念のためですが、小熊さんの本を批判しているんじゃないんですよ。あれはあくまでも、言説を中心に置いた歴史なんですからね。あれはあれでいいんです。ただ、それをそのまま戦後史だと誤解されても困る。言説の歴史はああだったかもしれませんが、たとえば私自身はそのなかに入らない。

敗戦で私は「だまされた」と思った

昭和二十年八月十五日、敗戦の日に、私は母の田舎にいました。叔母が「日本は戦争に負けたらしいよ」と教えてくれたのを、いまでも思い出します。そのとき私は「だまされた」と思いました。だって、大人はほとんど、戦争は勝つと教えてきたんですからね。ラジオも新聞もそうでした。小学二年生の子どもなら、それを素直に信じてますよ。それに、いまの子どもたちほど、ませていませんでしたからね。

ここは面白いんですよ。敗戦という事実に対して、わずかの年数であっても、世代の違いがはっきり出るところなんです。私より数年ばかり年上の人たちだと、いわゆる終戦の日にどう思ったかを訊《き》くと、「助かったと思った」という返事が返ってきます。戦災か戦場か、どちらにせよ、戦争が続けばどうせ死ぬと思っていたところに、戦争が終わったというのですから、「助かったと思った」わけです。

小熊さんが扱ったのは、そのまた少し上の世代が中心です。それだと、戦争中の言動があるわけです。多少とも戦争に「責任がある」といってもいい。ところが、戦後は社会の考え方が百八十度変わります。彼らはそれに自分を「合わせなきゃならない」わけですから、とりあえずは自分の頭のつじつまを合わせるので精一杯だったでしょうね。私はべつに、そんな「つじつま合わせは、聞きたくなかった」んですよ。その人の頭の整理なんだから、私には関係ない。そういってもいいんです。

逆に黙っていた人たちは、どういう反省をしたか。「物量に負けた」といいました。なにしろ飛行機も戦車も、日本のものは、結局はダメだったんですからね。しかも無理に無理を重ねた。兵隊に食糧を十分に与えることもしない。支那《しな》事変からすでにそうだったんですから、ガダルカナルが餓島《がとう》といわれた状況になって当然です。戦争末期に物不足になり、軍靴《ぐんか》が一サイズしかない。「靴に足を合わせろ」といった、というくらいです。

これはなにかというなら、「普遍」を無視したわけです。「あたりまえ」を無視したといってもいい。そのときの言い分は、大和魂《やまとだましい》、精神力です。日常でいうなら、「心がけ」です。でも、子どものときから、私は思ってました。「心がけで背が伸びるか」って。

軍国日本、鬼畜米英《きちくべいえい》、一億玉砕《いちおくぎょくさい》が、平和と民主主義、マッカーサー万歳《ばんざい》になった。ここまで逆さまになれば、だれだって思うでしょう。「変わらないものは、なにか」って。それと「物量に負けた」がくっつけば、科学技術になります。東京でちゃんと動く車は、ニューヨークでも動きます。中国でも動くはずなんですよ。

解剖を選んだ理由

このことをよく示しているのが、ＮＨＫの『プロジェクトＸ』という番組です。車だの計算機だのを、技術者が必死で作る。だから、「日本人は物づくりが得意」なんていいますが、その中心は戦争の反省じゃないんですか。いい換えれば、戦争の継続です。今度はこっちで勝負してやろうというわけです。もちろん、無意識ですが。

戦後の日本経済はソニー、ホンダ、松下に代表されます。だから「物づくり」なんでしょ。でも盛田昭夫《もりたあきお》、本田宗一郎《ほんだそういちろう》、松下幸之助《まつしたこうのすけ》、そういった個人だけが、仕事をしたわけじゃない。その背後には『プロジェクトX』、大勢の技術者の存在があったわけです。その人たちを支えたのは、「変わらないもの」を追究する気持ちでした。そう私は思います。

思えば、私自身がそうでした。「医学部を出て、なぜ解剖をやったんですか」。これまでに、そう訊かれることが、よくありました。適当に答えてたんですが、いま思うと、これでしたよ。解剖くらい「確実な」学問はない。そう思ったんです。

私が解剖学教室に入ったとき、当時としてはたいへん若い教授が二人おられました。一人がすでに述べた中井準之助先生、もう一人が細川宏《ほそかわひろし》先生でした。お二人とも、昭和二十年の卒業なんです。敗戦の年の卒業です。細川先生は大秀才と称された人です。残念ながら、四十四歳の若さで胃ガンで亡《な》くなられました。どのくらいの秀才だったか、先輩から話を聞かされました。当時の学制がどうなっていたか知りませんが、ともあれ細川先生は陸軍軍医学校を受験させられたというのです。そして、その試験を二度受けさせられたという。一度目の成績が良すぎて、試験官が納得しない。なにかインチキがあったに違いないというわけです。「もう一度、受けさせろ」ということになったということでした。

その細川先生がいわれたことを、私は記憶しています。「自分はああいう時代の学生だったから、戦後になって専攻を選ぶとき、医学のなかでいちばん確実な学問はなんだと考えた。その結論は、古くからある解剖学だということになった。だから自分は解剖を選んだ」。そう話された。私がそれをよく記憶しているということは、私自身もそれに共鳴したからです。

解剖のどこが確実か。古い学問で、いまさら変わりようがないじゃないか、ということもあるでしょう。でも、それだけではありません。解剖の面白いところは、結果が出たらとくにどうしようもないというところです。かりにお腹《なか》を開いて、胃袋がふたつあったとしても、「あったものはしょうがないだろ」といえるんです。

実験だと、「お前みたいな、いい加減で、そそっかしい男がやった実験なんて、アテにならないだろうが」といわれそうです。解剖はその点、操作自体が単純ですから、そういう問題も起こりにくい。

すべての結果が自分に戻ってくる

もひとつ、あります。解剖では、すべての結果が自分に戻ってくるということです。

私がやっていた系統解剖では、遺体はホルマリン処理がしてあります。ですからそのままで何年でも保《も》ちます。そうした遺体を、たとえば二ヶ月かけて解剖するわけです。今日解剖して、その日の分を済ませて、遺体を布でくるんで帰ります。次の日に来て、布を開けてみると、昨日のとおりです。夜のあいだに解剖が進んでいるということもないし、傷が治ってきたということもない。あたりまえですわ。

でも、はじめは完全な身体《からだ》だったわけです。一ヶ月して、あらためて我に返ると、なんだか相手はひどいことになっています。腕は取れているし、足も取れている。なぜそうなったかというなら、やったのは私です。私以外にない。自分の所業《しょぎょう》を、目の前に突きつけられるわけです。

こういう仕事は、世間にはあまりないと思います。臨床医なら、患者さんが来て、帰ります。次に来たときには、多かれ少なかれ、病状が変化しているはずです。でもそれは、医者だけのせいではありません。いわば相手が勝手に良くなったり、悪くなったりするわけです。

世の中でふつうに仕事をしていれば、相手は年中変わるはずです。商店ならお客が変わります。相手変われど、主《ぬし》変わらずです。営業はすべてそうでしょう。解剖は違います。相手が変わるのは、すべて自分のせいなのです。その意味では、画家とか彫刻家が、いちばん解剖学者に近いんじゃないでしょうか。画家がどんな下手な絵を描いたところで、すべて「自分がしたこと」には変わりないですからね。

だからルネッサンス期に、画家や彫刻家にとって解剖が必修だったのかもしれません。基本的に同じ作業なんですよ。次章に述べるように、「方法」がまったく同じといっていいかもしれません。同時に解剖では、図や写真が必須《ひっす》です。その図を描くのは、しばしば画家なんです。

東京藝大には、美術解剖学という講座があります。伝統的なもので、最初に教えていたのは森鷗外《もりおうがい》のはずです。私も長年、そこで講師をしていました。いままも藝大の客員教授をしています。いま准教授（現・教授）の布施英利《ふせひでと》さんは、東大医学部の私の教室で助手をしていた人です。美術と解剖は、右の意味でも深い関連があるのだと私は思っています。こういう「本質的」な類似点は、意外に気づかないものです。そのことについては、次章で述べることにします。

ともあれこうして、解剖学というのは、すべての責任が自分に戻ってくるという意味でも、きわめて「確実な」ものです。若い私は、そこに魅《ひ》かれたのだと、いまになって思います。そうした気持ちを準備したのは、小さいときの戦争と、その後の体験です。

いかに当人が正義を信じ、倫理的に振舞ったとしても、その人が作った車が走らなかったり、設計した飛行機が飛ばなかったりすれば、正義にも倫理にも、そこでは意味がありません。そもそも車は「ガソリンがなければ、走らない」んです。

世間が激動すると科学者と技術者が輩出する

ここまで考えると、ただちに思うことがあります。それは百年前、日本の世間が終戦後と同じように激動した時代、明治維新のことです。維新を私の年代で過ごした人たちも、私と同じように、「確実なものを求めた」のではないでしょうか。

そうに違いないと思います。維新というと、すぐに幕末の志士《しし》、明治の元勲《げんくん》を思い出すでしょう。あるいは司馬遼太郎《しばりようたろう》の『坂の上の雲』（文春文庫）かもしれません。でもそれは政治であり軍事です。そうした分野については、それこそ小熊《おぐま》さんの『〈民主〉と〈愛国〉』と同じで、書かれた記録として読むことができます。でも、明治の近代化の陰には、同時におびただしい数の科学者、技術者の存在があるわけです。そこには案外、気づかない。

日本の近代化とは、政治や軍事だけにあったのではありません。それを支える技術があったわけです。豊田佐吉《とよださきち》のことなら、たいていの人は知っているでしょう。でも、そうした技術者たちは、ふつうは世間に向けて語りません。車なら、ちゃんと走るほうが重要です。「それについて語る」よりもなによりも、車がちゃんと走らなければ、話にならないのです。

そう思ってみれば、明治という時代が、いかに多くの科学者、技術者を生み出したか、それに気づかれると思います。その裏にあったのは、仁義礼智忠信孝《じんぎれいちちゅうしんこう》悌《てい》という徳川三百年の価値観が、鹿鳴館《ろくめいかん》に向けて崩壊するという大変化です。

私は東京大学を退官してから、北里《きたさと》大学でお世話になっていました。もちろんこの大学は、北里柴三郎《しばさぶろう》を記念して作られています。北里柴三郎は熊本県の田舎の出身です。そういう人が、当時のベルリンに出かけて、いまでいえばノーベル賞級の仕事をしているのです。野口英世《のぐちひでよ》、志賀潔《しがきよし》などの医学者の名前を知る人は多いでしょう。野口もまた、福島県の田舎の出身です。それがどうして世界的な業績をあげたのか。

私が経験したと同じように、世間の常識が百八十度、変化した時代です。そういう時代を若いときに経過すれば、「変わらないもの」、「確実なもの」に対する感受性が芽生えるはずです。北里柴三郎の例でいうなら、熊本の田舎だろうが、ベルリンだろうが、黴菌《ばいきん》には変わりはなかろう、ということになります。そういうものをひたすら追う気持ち、それが私はよくわかるような気がするのです。

それなら、翻《ひるがえ》って、いまの日本社会はどうか。むろんそうした気持ちが、いささか欠けてきているはずです。それに無意識に気がついているから、『プロジェクトX』なのだと思います。いまの若者があれを見たとしたら、どう思うのでしょうか。「自分たちの前の世代は、妙なことに対して『命がけ』になったんだなあ」。ひょっとすると、そんな感想を持つのではないでしょうか。それが「戦後が終わった」ということの、思想史的な現れなのだと思います。

「戦後」というのは、「戦争行為が終わったあと」とふつうは解釈されます。でも、その時代を生きてきてみると、戦争が終わったのは、つい最近なんですよ。つまり本当に戦争が終わるのは、あの戦争を直接に体験した世代、戦争の影響を無意識に受けた世代、それが現役を引退していくということなんです。そうした世代、少なくともその一部は、いわゆる「戦後」も、別な意味で戦争を継続していたんです。

私の場合なら「変わらないもの」を求めました。これは戦争の継続ともいえます。そこがしっかりしていなかったから、「物量に負けた」んですからね。当然のことは当然としてきちんと受け入れなければならない。「腹が減っては戦《いくさ》ができない」んです。人間なら、だれだってそうでしょうが。「人間であれば、こうだ」。それが私の考える「普遍」ということです。

研究は「物量」ではなく特攻で

戦争の継続という意味でいうなら、まだあります。「物量に負けた」という問題です。それなら「物量がすべて」か。むろん違います。だからこそ、神風特別《かみかぜとくべつ》攻撃隊《こうげきたい》だったんです。その気持ちは、多くの人が理解するはずです。だから私は、研究費を遣いたくなかった。

研究費と特攻と、どう関係するのか。研究費とは、見方によっては、まさに「物量」なんですよ。お金がなければ、ある種の仕事はできないんです。それを無視すれば、特攻になります。だから私は、研究の上では、特攻をやったんですよ。べつにだれに頼まれたわけでもない。そんなことをしても、だれも誉《ほ》めてくれません。それよりなにより、こう書いても、わかってもらえないでしょうね。

お国の研究費を遣うことに、なぜか私は抵抗がありました。わかりにくいかもしれませんが、若者が特攻で「お国のために」出ていったんです。お国のお金を、まして「自分のために」遣うわけにはいかない。それを思うと、逆に自分の研究が、はたして世の中のためになるかどうか、本気で考えます。どうしてそういうお金を遣っていいのか、なぜ許されるのか、ということです。これではほとんど全共闘ですよね。ともあれ、そういうことを考えると、研究費を「もらって当然」とは思えなかったんです。

「お前の研究がどう世の中の役に立つのか」、そう他人から訊かれたときには、私は腹を立てました。「べつに役に立てようと思ってやってるわけじゃない」。そう思っていたからです。「結果的に役に立つ」ことはあるかもしれませんが、それをアテにすることはできません。

ところが科学研究費の申請書類には、私が現役だったころには、「この研究の有用性」を書く欄がありました。そんなものがあったから、そういう書類なんか、書きたくありませんでした。「役に立つ研究」なら、会社の研究所でやればいいんですから。最終的には採算がとれるはずですからね。だから、とうとう書類を書くのをやめてしまいました。おかげで研究費がなかったんです。

たった一人で続けた戦争

ここまでくると、単なるヘソ曲がりですよね。でも自分のなかでは、強い葛藤《かっとう》があったんです。本来、学問は有用性を追うわけではない。中井先生もよくそういわれました。でも、研究費は税金から出るわけです。公共の費用を遣うのなら、結果は公共に還元されなければならない。それは当然です。それなら、学問は税金ではできません。だって、本来の学問は有用性を問題にしないんですから。それなら、できればお金は遣わない、ということになりますよね。

私が若い研究者だったころ、アメリカは大変なお金持ちの国でした。なにしろ研究室には、お湯の出る蛇口も、蒸留水の出る蛇口もある。そう先生から聞いて、ビックリしてたんですからね。いまじゃ、なんでそんなことに驚くんだと思うでしょうけど。

そういう国と競争するんだから「敵《かな》わない」。それが常識だったんですよ。それに対抗するとしたら、私の知っている方法は特攻だけです。

日本は戦争に負けたんですが、私が個人的に負けたわけじゃないんです。じゃあ、どう考えればいいのか。「物量に負けた」ことに「対抗する」なら、「物量なしで、業績をあげればいい」わけです。ということは、研究には「積極的に」お金を遣わないということになります。バカみたいですが、それで頑張ったんだと思います。そんなこと、じつは恥ずかしくていいにくいんですが、正直なところ、そうだと思いますよ。

だから教授になってから、若い人たちが「研究費がなくて、研究できない」というと、「かりにいまお金があって、おかげで研究ができたとする。それはお金がした仕事か、お前がした仕事か」。そんなことをいってました。でもそれで、半分は正しいと、まだ思っているんですよ。そういうことを「いえる」ということ自体、右に述べたように私が考えていたということなんです。それでなきゃ、そんな変な言い分を思いつくわけがないでしょうが。

こんな気持ちで研究をしていた人が、どれだけいたか、私は知りません。まずいないでしょうね。でもこれも、自分なりの戦争の継続なんです。「たった一人の戦争」でしたけどね。

そんなこといわずに、「お金がなけりゃ、研究はできない」ことを「普遍として認めればいい」じゃないか。そういわれるかもしれません。私はそこに納得がいかないんです。いまでも納得していません。お金が必要な学問分野があることは認めます。でもそれは、学問の絶対的な条件ではありません。お金の要らない学問分野もむろんあるはずです。だから「抽象的」な議論をするといわれるようになったんでしょうね。それしか仕方がないんですから。

本当に自分で学問をするということ

ともあれ、私はそれで通してきました。いまさらそれはどうしようもないんです。お金が必要なら、自分で稼げばいいんです。ところが私の現役時代の大学でそれをすると、公務員の服務規程に引っかかったんですよ。国家公務員は外部の機関と金銭的な関係を持ってはいけないんですから。そういう規則のあるところで、私のような考えが「わかってもらえる」はずがないでしょうが。

それでも印税などが入るようになって、ある時いくらかのお金を大学に寄付しようと思いました。寄付すれば、正規の研究費として遣えるからです。そうでないと、自分の小遣いで買ったことになりますから、買ったものが備品であれば、たとえ研究に必要であっても、大学には置けません。じつは置きましたけどね。それで「寄付をしたいんだが」と事務に問い合わせたら、「先生の収入では、それだけの金額の寄付はできません」という答えが返ってきました。変な国ですわ。一事が万事、本気で学問のことなんか、考えていないんですよ。この歳《とし》になれば、世の中とはそんなものだとも思いますけどね。

そういうところで、右に述べたような個人の気持ちなど、通るはずがありません。まして考えていることが、ふつうじゃないんですからね。説明したって、わかるはずがない。いまだって、わからないという人がほとんどでしょうね。

研究費の件だって、なにか別な理由があるんじゃないの、と思われるにきまってます。心理的な問題は、他人には見えませんからね。でも一生懸命、正直に書いたつもりなんですよ。

だから大学を辞めて、ずいぶん楽になったんです。このところ毎年、ロンドンの自然史博物館に行っていますが、自分の費用で出かける分には、だれも文句をいいません。これが大学に勤めていると、いちいち出張の届けを出す必要がありますす。旅費をもらったりすればさらに厄介です。家族を連れていくのも、いろいろ面倒ですからね。

結局は私はいまのように暮らしたかったんだと思います。それがあるていど実現できたんですから、その点は本当に感謝しています。それがある意味で、戦争を体験したおかげだというのも、変な話ですが。

第6章

学問とは方法である

「学問とはなんだ」、「研究とはなんだ」。紛争が終わったあとで、そんなことを考えてるのは、なんとも時代遅れでしたよ。世間の勝負でいうなら、そんなことをブツブツいってたほうの「負け」でした。でもトラック競技のたとえでいうなら、何周も遅れて「そんなこと」を考えていたんですよ、私は。だからこの歳《とし》になっても、まだ戦争とか紛争とかいってる。

ところが最近、私の本がむやみに売れました。いうなれば、流行の先端みたいになっちゃったんです。何周も遅れていると、みんながそれを忘れてしまって、トップを走っているように見えるのかもしれない。そう思ってます。いまごろになって、「売れっ子」だなんていわれるんですから。解剖学なんか勉強してきて、「売れっ子」になるはずがない。解剖学なんて、とても売れませんわ。それが解剖学者の常識で、世間の常識でしょ。「あいつのいうことは、解剖学じゃない」。だから、そう思われるんでしょうね。

科学はしょせん、脳の紡《つむ》ぎだす物語

それでもともかく、私は中年まで、一生懸命に解剖学をやりましたよ。それで覚えたことって、なにか。解剖学という「方法」です。自分が見たものについて、それをどういう物語にするか。そういうことです。解剖って、バラす以外には、「見る」しかないんですからね。

「科学は物語じゃない」。まじめな科学者なら、そういうでしょうね。だから私は『唯脳論《ゆいのうろん》』（青土社／ちくま学芸文庫）を書いたんですよ。科学だって、しょせんは脳の紡ぎだす物語じゃないですか。そんなことをいうと、政治関係の集会に、いきなり無政府主義者が出てきたような感じになるんでしょうね。みんなが首相をどうする、政策をどうするという議論をしようと思っているのに、「政府なんかいらない」っていうヤツが突然出てくる。その場の話が壊れちゃうと思うんでしょうね。

べつに壊れませんよ。科学にだって、面白い物語は山ほどあるんですから。

私が最初に書きおろした本ですが、『形を読む』（培風館／講談社学術文庫）にその一例が書いてあります。ライヘルト・ガウプ説です。「哺乳類《ほにゅうるい》の耳小骨《じしょうこつ》は、爬虫類《はちゅうるい》では顎《あご》の骨だった」。これなんか、なんとも面白い説ですよ。発表当時は「夢の産物」なんていわれたんです。「そんなものは、科学じゃない」って。なにしろ進化の話ですから、状況証拠しかないわけです。

ウェゲナーの大陸移動説もそうでしょ。「実証が欠ける、夢物語だ」。そう批判される。ともかく、聞くだけは聞いてもらったとしても、たかだか「仮説じゃないか」といわれます。

若いときに、それはよくいわれましたな。「仮説じゃないか」って。おかげで、歳をとるにつれて考えるようになりましたよ、「仮説じゃないものがあるか」って。学会で大方《おおかた》の人が信じてるなら「仮説じゃない」んですが、大方の人が信じてなけりゃ「仮説」なんですよ。それだけのことです。

「じゃあ、なにをいってもいいのか」。すぐにそういわれちゃうんですよ。でもそれは人を黙らせたいというだけのことです。そんなこと、いってませんもの。だから面白い仮説もあるよ、と書いたんです。大きく育つ仮説を、理論というんですよ。

その意味では、私はポパー主義者です。経験科学の言明とは、とりあえずそう認めておくということですよ。そう認めるについては、それなりの根拠がある。

その根拠が変われば、言明も変わります。経験科学では、根拠と言明は不可分の対《つい》になっています。いまでは多くの科学者がそれに気づいています。でも逆に、素人《しろうと》が素朴な科学主義になってしまったんですよ。結論つまり言明だけ知って、それが科学的だとか、証明されてるとか、思ってる。

解剖学は『フォーカス』と同じ

解剖学の方法が、私の方法だということを示したのは、『バカの壁』が売れた事情にも現われてます。もっとも以下の説明なんて、どうせ信じない人が多いでしょうけどね。

じつはあの本は、私が書いたんじゃないんです。新潮社の後藤裕二《ごとうゆうじ》さんが書いてくれたんですよ。だから後藤さんの文章なんです。私がしゃべったことを、後藤さんが文章にした。それ以前に、ふたつの出版社から、同じように語りおろしの企画がありました。実際に私がしゃべって、原稿もできてたんです。それでも文章が気に入らなかったから、そのふたつはまだ本になってなくて、「いずれ直します」なんて、いい加減なこといって、寝かしてたんですよ。

『バカの壁』のときも、今度も直しで大変だわ。そんなこと、思ってましたよ。でも、原稿ができてみると、なんと私が直すところがほとんどない。後藤さんが上手なんです。ちょっとした訂正で、そのまま本になった。それが売れちゃったから大変です。おかげで寝かしておいた原稿が起きちゃった。「うちのはどうしてくれる」。先約の出版社からは、そう叱《しか》られる。しょうがないから、そっちはホテルにカンヅメ、原稿をほとんど書き直して出しました。そういうわけで、一年に本がいくつも出ちゃったんですよ。宝くじに当たったたから、借金取りがドッと来ちゃった。そう説明するんですよ、みなさんには。

じゃあ、後藤さんの文章と、私の話の、どこが一致したのか。『バカの壁』は新潮新書です。新潮社がこのときはじめて作った、十冊のうちの一冊です。後藤さんはこの新書の仕事についたわけですが、その前の仕事は『フォーカス』という写真週刊誌です。これですよ、おそらく犯人は。

『フォーカス』って、ただひたすら写真に説明をつけてある雑誌です。なんと解剖学の論文と同じですわ、これは。後藤さんはその仕事を長いことやってたと聞きました。私は三十年間、解剖学の論文や本を書き、読んでました。どれも根本的には、図や写真に説明をつけたものですよ。

私の仕事は『フォーカス』と同じだったんですよ。

まじめな学者に「解剖は『フォーカス』と同じだ」なんていったら、目を剝《む》いて怒るかもしれませんね。だから「どうせ信じないでしょうけど」と書いたんですよ。でも、どちらも脳がすることで、脳から見れば、ほとんど「同じこと」なんですよ、きっと。

私は解剖という方法論にしたがっているだけ

これが「方法」ということです。日本人はたいてい、「学問とは対象について学ぶことだ」と思ってます。経済を学べば経済学、政治を学べば政治学、等々です。料理には和食も中華も洋食もある。それなら和食学、中華学、洋食学ということになります。そういう考えなら、『フォーカス』と解剖学なんて、そりゃまったく無関係ですわ。私がいってるのは、そうじゃないってことです。

学問は方法です。料理でいうなら「包丁の使い方」なんです。それを学べば、和洋中、いずれにも使えるじゃないですか。ひょっとしたら、解剖にさえ使えますよ。刃物なんだから、包丁は。

学問を方法だと思って学べば、対象は広がります。なんでもいいから、包丁で切っちゃう。解剖って言葉は、世間で実際にそう使われるじゃないですか。「永田町を解剖する」とか、「日本経済を解剖する」とか。だから私は、本当にそうしてきただけです。見ようによっては、なんにでも口を出す。でもそれは、解剖という方法論にしたがっているだけです。つまり頭のなかに、図か写真に相当するものがあって、それに説明をつけてるだけなんですよ。

ほかの人はなぜそうしないかって、人体なり動物なりをバラすことが解剖だと思い込んでるからでしょ。ほかのものにそれをしたら、なにか「いけない」ことだと、思い込んでる。その思い込みのほうが、よくわからないんですよ、私は。人体を解剖するほうが、世間的にはよっぽど「悪いこと」じゃないんですか。少なくとも解剖は自宅じゃできませんもの。

学問が対象別になってる。それだけじゃありません。日本の教育では、方法論を教えないことが多いんです。なぜって、学問は対象だと思ってるからですよ。だから畳が腐るほど勉強したって、経済なら経済しかわからないってことになるんです。だって経済しか勉強しないんだもの、あたりまえでしょうが。

それなら、「方法論って、どう教わればいいんだ」。包丁の使い方って、「身につけるもの」なんですよ。身につけるためには、自分で長い間やってみるしかないんです。なんだってそうでしょうが。一日で包丁の使い方を覚えようったって、そうはいきませんわ。読み書きソロバンと同じです。それだって、身につけるには、小学校の六年間くらいの時間はかかってますよ。

非日常より日常を、独創より平凡を、選ぶ

私が長年、解剖をやってたのは、解剖という古典的な方法を身につけるためだったんですよ、いま思えば。

「解剖なんて、そんな古臭い。つまりは杉田玄白《すぎたげんぱく》じゃないか」。私が解剖を学びはじめたころ、それはすでに世間の常識でしたよ。対象としての人体を考えた

ら、そのとおりです。西欧では、五百年前には、近代解剖学が成立してたんですからね。メスとピンセットで「人体という対象」を解剖したって、いまさら「新しいこと」なんか、出てくるはずがない。

でも「方法」として解剖を考えたら、話は別でしょ。「ふつうのものごと」を扱うのには、古い方法論で十分なんですよ。というより、ふつうのできごとを扱う方法が、古い方法と呼ばれるんです。「日の下に新しきことなし」ですからね。だから私は「常識」をよく論じます。口癖みたいに「あたりまえ」だという。方法が古いから、常識しか論じられないんです。ふつうに生きていくには、それで十分です。あたりまえの人生を生きるなら、読み書きソロバンで十分だというのと、まったく同じことじゃないですか。

人間は昔から飯を食って生きてる。飯を食うことに、「新しいこと」なんかない。それをいうなら、人間は昔から、生まれて、歳をとって、病気になって、死んでます。新しいことなんか、ないですよ。いつでも、どこでも、人間がすることだから、それについてちゃんと考えることが「重要」なんです。そういうことを考えるときに使える方法って、「古い」方法以外にありますか。

「戦争か、飯か」で、私は飯を選んだという意味が、おわかりいただけたでしょうか。非日常と日常なら、日常を選んだ。独創と平凡なら、平凡を選んだということです。科学で独創が評価される時代に、そんなことしたら、成功はしませんわ。だから学生もついてきません。ありゃ変だ。そう思われたんでしょうね。私も東大の学生に講義でいってました。「俺の講義なんか聞いたら、出世の妨げ、だから俺の講義なんか出るな」。本当にそう思いますもの。そのかわり実習に出なさいといいました。そこで解剖という方法がまさしく「身につく」んですから。

さっき書きましたよね、大学院に入るころ、デカルトの『方法序説』を読んでたって。じつは私はデカルト主義者なんですよ。方法主義者なんですから。デカルトも解剖学と同じです。「古臭い」。そういわれちゃう。デカルト式心身二元論というのは、日本の哲学会では悪口ですよ。「そんなものは古い。西欧式の害悪を流した。脳死後臓器移植なんて、変なことになるのは、デカルト式二元論があるからだ」。私はそうは思いません。私も心身二元論ですもの。でもそれは、二元論が正しいという意味じゃありません。そこを詳しく知りたければ、

『養老孟司の人間科学講義』（ちくま学芸文庫）を読んでくださいね。

テロと反テロの応酬がここまで来れば、一元論の害悪がそろそろわかっていいころだと私は思うんですけどね。唯一絶対神《ゆいいつぜったいしん》を信じる世界にこんなに迷惑をかけられたって、そんな批判をする人が、どうしてデカルトを「二元論だ」と批判するんですかね。西欧で二元論をいう人は、珍しいんですよ。むしろその意味でなら、デカルトは日本人に近いじゃないですか。

デカルトは本が薄い。話が短いんです。これもいい。和歌俳句の日本人みたいです。脳を重視したのもデカルトですよ。大脳生理学の祖といわれてます。私も世間に誤解されて、「脳科学者」なんていわれることがありますが、より正確にはデカルト主義者といわれたいですね。デカルトが怒るかもしれませんけどね。「俺はお前みたいに、明晰《めいせき》でないこと、はっきりせんことは書かん」。まあデカルト本人はとうの昔に死んじゃってますから、勘弁してもらいましょう。

「脳という方法」を使う

そうはいっても、自然科学では「方法」は具体的な方法を指すんです。たとえばどんな薬品をどう使ったのか、どんな顕微鏡を使ったのか、なにかの数を数えたとすれば、どうやって数えたのか。だから科学論文を見ると、かならず「材料と方法」という項目があります。そこに、そういう具体的な方法を書くんですよ。

でもその「方法」の意味が、私の場合には違っちゃった。ものの見方、考え方が「方法」になってしまったんです。なぜそうなったか、その説明を長々としてきたんですよ。つまり紛争の影響です。なにしろ「学問とはなんだ」、「研究とはなんだ」、「大学とはなんだ」ですからね。そういう問題について「方法」を考えたら、どうしたって「抽象的な方法」になります。だから「哲学だ」っていわれたんでしょうね。

私のその方法とは、どこにあるのか。脳に決まってるじゃないですか。「材料と方法」のほかに、科学論文にかならず書かれているものがあります。それは著者の名前です。これもじつは「方法」でしょ。その人の脳ミソが使われてるからですよ。ほかの人の脳ミソを使ったわけじゃない。それが著者名になるわけです。著者名こそ、まさに「脳という方法」なんですよ。

論文で他人の脳ミソをうっかり使うと、叱られます。剽窃《ひょうせつ》だといわれる。これはむずかしい言葉ですな。要するにドロボーですよ。逆に、独創的だということになると、方法である著者の脳ミソが誉《ほ》めてもらえる。うまくいけば、ノーベル賞がもらえます。そういう人は「頭がいい」ってことになる。つまり「使える脳だ」ってことじゃないですか。それに比べたら、たいていの人の脳は、「使えない脳」ってことになる。

じゃあ、その独創的な業績が、だれにもわからないほどむずかしかったら、どうなりますか。世間には認められませんな。もう例にあげた、メンデルの法則ですよ。つまり独創的な業績とは、勉強すれば、だれにでもわかるけど、だれでも気がつくほどには、フツーのことじゃない。「だれにでもわかる」ってほうに重点を置けば、偉大な業績とはきわめて平凡なものです。なぜかって、「だれにでもわかる」からですよ。あたりまえじゃないですか。でも「だれでも気がつく」というほうに重点を置けば、ふつうは気がつかないんだから、独創ってことになります。それだけのことでしょうが。

フツーを重ねるとトクベツになる？

　変な例ですが、ほかに例を思いつかないから、それをあげておきます。それは美男美女という例です。いちいち美男美女というのも面倒くさいから、とりあえず美人ということにしておきます。

　ふつうの女性の顔写真を百人分集めて、コンピュータで重ね合わせます。そうすると、むろんいささかピンボケ顔になりますが、それでも美人になるんです。これって、なかなかむずかしいでしょ。だって、フツーの顔を百重ねたって、フツーの顔にしか、なりようがないじゃないですか。ふつうはそう思う。でも、実際はそうじゃないんですよ。なんと美人になっちゃうんですよ、これが。

　なんでだろうって、考えましたな。フツーの顔を重ねていくと、どんどんフツーになるのではなくて、どんどん「特別な」顔になっていく。ネッ、ここでわかるような気がしませんか。フツーの考えを「重ねて」いくと、だんだん「ノーベル賞級の考え」になっていくんですよ。つまりどこに誤解があるかというと、美人とは、稀《まれ》な資質だと考えるところにある。そうじゃなくて、「あまりにも、あたりまえ」のことが、本質的なことなんですよ。あたりまえの極限が美人なんです。同様にして、あたりまえの極限がノーベル賞なんですよ。

「お前はそんなことというけど、美人もノーベル賞も、世間にはほとんどいないじゃないか。たいていは十人並みだよ」。私だって、そう思いますよ。じゃあ、なぜ「あたりまえの極限」が稀だと思われるのか。問題はそこでしょ。「あたりまえ」のものほど、フツーのものなんだから。

美人とは、じつは顔の造作《ぞうさく》だけの問題じゃありません。そこに誤解があるんですよ、きっと。顔の造作が世にも稀だから、つまり「特別」だから、美人なんだ。そう思ってるんじゃないんですか。

そうじゃない。造作があたりまえに近くなればなるほど、見るほうの好みがうるさくなるんですよ。いちばん平均顔に近づくと、見る側の鑑賞力も最大値に近づく、つまり「ものすごく好みがうるさくなる」んですよ。だからフツーに近くなるほど、採点がうるさくなるんです。ちょっとした口の曲がりとか、左右の非対称とか、そういうことで減点が百点になったりする。はじめっから徹底して非対称だったりすると、減点十点くらいで済むのに。そう考えると、極端にあたりまえの顔というのは、極端に少ないことになるんです。

だから美人かどうかは主観の問題だといわれたりする。見る側の問題だということが、わかっているわけです。認知に関する人間のこうした性質は、おそらく一般的なものだと思われます。それが美人にも、ノーベル賞にも出ているんですよ。

顔の造作とか、研究業績とか、そうした「対象」は正規分布します。偏差値になるわけです。ところが、それに評価が入るわけです。評価は直接に脳がするんですから、まさに主観というしかない。「いい」とか「悪い」とか、結局はいうんですよ。

その評価に関する脳のはたらきは、十分には調べられていません。私はその性質について、議論しているわけです。その評価は、正規分布の中央に近づくほど、「うるさくなる」と思われます。なぜかって、それがいちばんフツーの対象だからですよ。フツーでないものに、厳密な好みを作ってみても、生物としては意味がないじゃないですか。そんな対象には、めったに出会わないんですからね。フツーのなかでも、特にフツーな顔、それが美人なんです。

選ぶのは対象ではなく方法、と決めた

そういうわけで、「材料と方法」も科学の方法ですが、著者名も広い意味では方法ですし、さらに使う言葉も方法です。それは英語だと、いまでは学界の常識が決めてますが、べつにそんなことは国連で決めたわけでもない。日本語で書いたって、いいわけです。方法こそ、まさにその人が選ぶものなんですから。

いわゆる常識では、「その人が選ぶのは対象だ」と思っているわけです。私はそうではなくて、自分が選ぶのは方法だと決めた。そうしたら、こんなことになっちゃった。どんなことになったかって、いわゆる科学の世界からはみ出しちゃった。でもそれはべつにどうでもいいわけです。医学部をせっかく出たのに、医者になりそびれたのと同じで、せっかく科学をやったのに、科学者になりそびれた。同じことです。

これはじつは、人生のなにごとにも通じる話でしょ。嫁さんをもらうんだっ

て、同じことじゃないですか。だれに決めるかって、ふつうは考えるけど、どうやって決めるかってこともある。「だれ」は対象ですが、「どうやって」は方法です。

「だれ」の場合には、以前なら三高とかなんとかいいましたでしょ。収入が高い、背が高い、学歴が高い。そういう条件になったりする。これは美人やノーベル賞と同じで、なかなか決まらない。好みがうるさくなるからです。「どうやって」なら、自分で探す、親に探してもらう、知り合いに頼む。これは対象にはあまりうるさくない。自分で拾ってきたんだから、仕方がない。親がいうから仕方がない。信用できる知り合いがいいというんだから、いいんじゃないか。

無責任みたいですが、結婚なんて、やってみなけりゃわからないところがあります。それなら方法しだいでも、十分にうまくいく可能性があります。現に昔は対象ではなくて、方法だったんですからね。

いまの人は対象を選ぶことこそが、自分の選択だと思い込みすぎてるんじゃないんですか。それを「方法」だと考えてみると、対象に関する「うるささ」が減ります。仕事もそうでしょ。問題は仕事という対象そのものじゃありません。

「仕事をどうやるか」、つまり仕事から自分がなにを得てくるかでしょ。「給料に決まってるじゃないか」。すぐにそう思っちゃう。秀吉《ひでよし》の草履《ぞうり》取りの話があるじゃないですか。どんな仕事であれ、そこから自分が得るものがどれだけあるか、それが重要なんです。

仕事は自分の人生の方法であって、仕事自体が目的ではないんですよ。だから私も最後に東京大学を辞めちゃった。特定の大学に勤めることが目的ではなくて、自分がちゃんと生きることが目的なんですからね。まあ、私がちゃんと生きたかどうかはともかく、対象ではなく、方法を選択するというのは、そういうことです。

「あたりまえ」は意外にむずかしい

いずれにせよ、選択の結果は受け入れなきゃ、しょうがない。対象で選ぶと、失敗を相手のせいにすることになりがちですわ。もうちょっと収入が多いほうがよかったとか、背の高い人がよかったとか、そういう文句になる。方法だと、それはいえません。方法を選んだ場合には、対象の性質は、要するに「たまたま相手がそうだった」ことになるからです。そんなもの、だれのせいでもないですわ。

立派な仕事をしていたって、収入が低いことはいくらでもある。背の高さなんて、遺伝子ですわ。それもひとつの遺伝子のせいじゃない。多数の遺伝子の複合した効果です。平均より背の高い両親の子を集めて、背の高さを調べてみると、全体としては、かならず両親より子どもの背が低くなります。これも「あたりまえ」でしょ。生きものの性質は、総体として、かならず平均に近づくんですから。背の高い人を選んで、言葉は悪いが「交配」を続けたら、どんどん人間の背が高くなるかといったら、そうはいきません。長い目で見れば、平均に戻っちゃうんです。

お前みたいに変なヤツが、平凡を主張するとは変だ。そういわれるかもしれませんね。その答えは、乱暴にいえば、私が変なんじゃない、世間が変なんだってことです。「あたりまえ」って、意外にむずかしいんですよね。

第7章

主義者たち

ちょっと戻って、また紛争のことです。ゲバ棒、覆面、ヘルメットで、研究室の封鎖に来た学生たちは、「この非常時に研究なんて」という、戦争中の雰囲気を身につけていたといいました。このできごとが、その後の私の考えに与えた影響は、じつに大きかったんです。なぜなら私は、そうした戦争中の雰囲気は「戦後とともに消えていくもの」だと、なんとなく思っていたからです。「ああいうことは、もう起こらないだろう」。無意識にそう信じてたんですね。それを完全にひっくり返されました。

それまで私は、つまりは「進歩主義者」だったわけです。時代が下がるにつれて、古い社会のあり方は消えていくはずだ。勝手にそう思っていたわけです。

亡霊がよみがえる

ところが昭和二十二年から二十四年生まれ、まったくの戦後育ちの学生たちが、直接に戦争の体験があるわけでもないのに、戦争中の社会の雰囲気をいつのまにか身につけて行動している。これが私には大変なショックでした。昔風にいうなら、「亡霊がよみがえった」んですよ。

さらに追い討ちをかけた事件がありました。学生どうしの衝突が頻繁になって、暴力行為が多くなった時期のことです。とくに対立がひどかったのは、一方の全共闘に対するに民青（日本民主青年同盟）系、つまり共産党系の学生たちです。その民青系の都学連が、東大の御殿下グラウンドに千人を超える学生を集めて、「武闘訓練」なるものをやりました。私はグラウンドの外から見ていましたが、その時に学生たちが持っていたもの、それはなんと竹槍《たけやり》ですよ。まさに仰天しましたね。竹槍といえば、私たちの世代にとっては一億玉砕《いちおくぎょくさい》、本土決戦の象徴ですからね。

戦後世代が、戦争中の雰囲気を、またもや体現している。私にはそう見えました。全共闘も民青もありません。日本伝統文化の粋《すい》、要するに日本人なんですよ。

それを見た瞬間に、私の素朴な進歩主義がまさに砕け散った。そう思います。私とほぼ同年で、安保のころは自治会運動をやっていた西部邁《にしべすすむ》氏も、いまでは保守主義者を自認してます。戦後の民主主義教育のおかげか、私のなかにいつの間にか居座っていた無意識の進歩主義は、この時点でまったく消えてしまいました。あの種の雰囲気は「いつか帰ってくる」んだな。それはいまでも私の信念の一部です。

ああした雰囲気、そこにはなにか、私が決して受け入れたくない、そういう類《たぐい》のものが含まれています。それは、いわくいいがたいものです。しかも人間社会では、それは絶えず形を変えては浮上します。宗教運動がしばしばそうです。それが信仰という、個人の心の枠内に留まるかぎり、なんの問題もありません。そうではなくて、それが社会化し、集団化したときから、なにか怪しい雰囲気を帯びるんです。私にはそう感じられるのです。たとえばそれが、行くところまで行ったのが、オウム真理教事件でした。

私がものを考える、根本の動機

こうした背景があって、私はいわゆる原理主義について、真剣に考えるようになりました。「なにか怪しい雰囲気」と書きましたが、それはいま「原理主義」

と呼ばれているものと関係しています。どう関係するかって、「関係すると感じられる」んですよ。それはほとんどの人が理解しているはずです。特攻になる雰囲気、自爆テロになる雰囲気、サリンを撒《ま》くようになる雰囲気。それは日常にはあまりないのですが、まったくないわけでもない。その「なにか」が、ごくフツーの人を極端な行動に導いていく。

そういうことを考えるようになった直接のきっかけは大学紛争ですが、その背後に過去の戦争があったことは、もちろんです。そうした雰囲気を、私はいずれ消えるものだと思い込んでいたわけです。ところがそれは間違い、「いずれ消える」どころか、「いつか帰ってくる」。だとすれば、それについて、よく考えておかなければならない。私はそう思いました。そこはすでに第４章でも述べたとおりです。

私がいろいろものを考える、その根本にある動機のひとつが、これなんです。以来私は、多くの社会的なできごとのなかに、「原理主義的なもの」を、つい見てしまうようになりました。

どんなに「正しい」目的で行なわれていることであっても、ある種の「うしろめたさ」を欠いた社会運動を私は疑います。疑うことが、いわばクセになったんです。ここでいう原理主義とは、なにかを絶対的とみなすということです。

戦時中の日本は、正しいのは自分たちだと、頑として信じ、主張しました。それはそれでいいのです。ですが、だからといって、ほとんど世界中を敵にまわして、具体的に武器をとって戦うことはないでしょ。だって本当に正しいことなら、まさにいずれ「かならず勝つ」からです。

問題は「自分が正しいか」どうかではない。「なにが本当に正しいのか」です。それを追究するのが学問なんです。そのことこそ、まさに「あたりまえ」ではないでしょうか。

紛争時の学生たちに、そうした思いがどこか欠けている。私はそう感じていました。たとえば教授会はけしからん、の一点張りです。そうかもしれませんが、だからといって、なぜ私が研究室から追い出されにゃならんのだ。こちらにはそういう気持ちがありました。アンタが正しいのかもしれないが、だからといって、それが私の研究を妨害する理由になるのか、ということです。でもそれをいうと、例の非常時が出てきます。「オレたちがこんなに一生懸命やっているのに、のうのうと研究なんかしてやがって」。ほら、こうなると、世の中が一色になっていくでしょ。無関係なことは、無関係だからという理由で、むしろ潰《つぶ》されていくんですよ。

研究室を追い出され、本気で腹を立てた

すでに当時の大学では、学問とか、真理の追究といった言葉が、タテマエになっていたんです。だから学生に対して、説得力がなかったんですよ。真理とか学問とか、そんなこと、いくらいっても、いってる本人だって、どこまで本気かわからない。でも私自身の研究は本気でしたよ。だから研究室を追い出されたとき、本気で腹を立てました。はたで見ていた人が、「顔色が真っ青だったよ」と、あとでいってたくらいです。

いまでもあそこでガマンして、暴力沙汰《ざた》にならなくてよかったと思っています。暴力沙汰になれば、自分か他人か、死人が出ていたかもしれませんからね。乗り込んできた学生たちだって、じつは私ほどには本気じゃなかったでしょうか

らね。まさか私が「本気で」研究なるものをしているなんて、学生も思ってなかったでしょうよ。あの当時私が本気だったからこそ、いまだに考えてるんですよ。本気の行為を「暴力で」潰されちゃったんだから。

政治情勢があるていど緊迫すると、社会的には「関係ない」、「中立」などは存在しなくなります。そういうものは、むしろ敵よりも怪《け》しからんものと、見なされるんです。そこが怖いんですよ。

ポル・ポト派の大虐殺《だいぎゃくさつ》を覚えておられますか。クメール人つまりカンボジアの人たちは、はじめはヴェトナムのシンパを排除するつもりだったんです。歴史的にはヴェトナムにやられっぱなしですからね。サイゴン、いまのホーチミン市は、歴史上はクメール人の町だったんですからね。それがそのうち、犠牲者の数が数百万人という、自分たちの仲間の大虐殺になっていきます。大学紛争でいわば高揚した新左翼運動もまた、やがてさまざまなテロ事件、さらには赤軍派の内ゲバ殺人を引き起こしていくようになります。そうなってからでは、もう遅いのです。

そういう極端なことをするのは、「変な」人たちだ。あいつらは別だよ。日常のフツーの生活しか経験したことのない人は、そう思うことが多いと思います。それは違います。ごくフツーの人だって、いや、むしろ「ごくフツーの人」だからこそ、一億玉砕とか、ナチとか、ポル・ポト派のようになるんですよ。自分がごくフツーだと思っているということは、じつは「自分は変なことはしない」という確信を、暗黙のうちに持っているということですからね。

そのフツーの自分が「変だ」と思うことが、世の中に起こっている。それなら世の中がおよそ変であるのに違いない。そういう理屈になります。そうなると、その「変」を根こそぎ排除しようとするんですよ。そこでまず逆に成り立たなくなるのが、なんでもない、フツーのことです。だって、フツーの人が変になるんですから、フツーがどこにもなくなる。フツーにしていることが、「変」になるんですよ。それが「この非常時に」という表現になるんです。

私は純粋行為主義者

私はそれを小便の例でよくいうんです。だれだって毎日何回も小便をします。

それは個人の生理的な事情にすぎません。しかし小便の届く範囲に、だれか偉い人の写真が落ちていたとする。自分だけが小便をしている場合には、それでもべつに問題はありません。問題はそれを横から見ている人があったときです。「あの大切なお方のお写真に、小便なんか、かけやがって」。これが北朝鮮の話で、写真が金正日《キムジョンイル》だったと思えば、わかりやすいでしょう。

つまりだれかがその行為を見ているという「状況によって」、「ただの小便」だったはずのものが、立派な「政治的行為に昇格する」のです。これが「状況によって、中立的行為が中立的でなくなる」ということです。フッーのことが、フツーじゃなくなるんですよ。その写真を自分が腹いせに置いたのなら、仕方がないんですが。

そう思うと、私は純粋行為主義者なんです。そんな表現はありませんよ。それはわかってますが、表現がないときは、作るしかないんです。「純粋行為」とは、それ自体に意味が存在している行為ということです。それを評価するのが、純粋行為主義者です。私の虫取りがそうです。金儲《かねもう》けのためでも、権力のためでも、じつはなんのためでもありませんからね。

世間で生きていれば、純粋行為は成り立たないことが多い。小便の例で示したとおりです。もちろんフツーの小便なら純粋行為です。でも世間で生きるということは、他人を考慮するということです。他人のことを考えるから、うっかり外で小便はできない。他人が見ている、見ている可能性があるという状況では、純粋行為は成立しにくいんです。「この非常時に、虫なんか、取りやがって」。戦争中なら、そういわれたでしょうな。ところが小便は、だれでもかならず、いつでもするんです。だから純粋行為なんて、決して稀《まれ》なものではない。

もっぱら純粋行為をする人とは、つまり子どもですね。子どもは天真爛漫《てんしんらんまん》、他人がどう思おうと、好きなことをしてます。それですよ。だから大学の人は、世間に出すと、どこか子どもっぽいところがあった。

もともと大学が「象牙《ぞうげ》の塔」といわれたのは、大学の塀のなかに純粋行為を保存するためだったと思います。それを「大学の自治」といったんです。なんの役に立つか、学問なんて、そんなことを考えてやるものじゃない。まして金が儲かる、有名になる、偉くなる、そういうこととは関係はない。ひたすら「真理を追究する」。つまり大学は修道院に似ているんですよ。修道院はもっぱらお祈りをするわけですが。

明治時代、東大の解剖学の教授に、田口和美《たぐちかずよし》という先生がいました。この人は日清戦争を知らなかったという逸話が伝えられています。たぶんウソだと思うんですが、でもそういう雰囲気はあったんでしょうね。学問をやる人は、世俗のことに関わらない。それを象牙の塔というのです。法学部の助教授が、フツーの雑誌になにか書いたら、お前はジャーナリストになるつもりかと、教授にいやみをいわれた。私が大学に入ったころでも、そういう雰囲気はまだありました。ところが世間が変わってきたわけです。「真理の追究」なんて、だれも信じない。大学の人自身が、信じてない。あの紛争は、むしろそのことを明らかにしてしまいました。国立大学なんて、そもそも税金を遣う。それなら、みなさんのお役に立つことをして、遣った税金を還元して当然だろう。その後はそういう時代になっていくわけです。

私は研究活動を虫取りと同じ、純粋行為だと思っていたわけです。ところが、やってみると、そうはいきませんわ。あたりまえですけどね。なんの役に立つとか、いい仕事だとか、つまらない仕事だとか、いろいろいわれる。私はいわれたってかまわないんですが、世間とお付き合いするなら、「かまわない」というばかりではいかない。

だから、世間で生きるようになる、つまり「大人になる」と、あまり純粋行為をしなくなるのです。むしろ周囲を配慮して、なにかをするようになる。

自己チューの社会的意味

純粋行為というのは、悪い意味では自己中心です。とりあえず他人のことなんか、かまわないということですから。子どもというのは、しばしばそうした自己チューですよね。そうした行為をあえて大人がやる。過去の社会は、そこにある意味を置いていたはずなんです。それが大学であり、修道院だった。それが根本から変わってきたわけです。そうした自己チューの社会的意味が不明になってきたんでしょう。

現在の日本は少子化です。子どもが少ないのと、こうした大人の自己チューが許されなくなってきていることとは、無関係ではないと思います。「子どもも人間のうち」ですが、現代人はおそらくそう思っていない。おそらく「まだ子どもだからダメだ」と思っているのです。

以前なら「大学の人間は子どもっぽい」で済んだのですが、そうはいかなくなった。大学人も大人にならなければならない。それなら純粋行為をしている暇などない。私のように、学問を純粋行為だと思っている人間は、近未来的な大学像にいちばん合わなくなってきたわけです。なにしろ「開かれた大学」なんですから、そこで行なわれていることは、世間の人々が「理解できる」ことじゃなきゃいけない。いいたかないが、世間はおもに利害で動いてます。

個人のすべての行為が、社会的な意味合いにおいてのみ、把握される。これは世界全体の政治化とも呼べる現象です。お金になるかどうか、そういう配慮もここには含まれています。それは政治化というより経済化ですが、「社会的な意味合い」という点では、政治だろうが経済だろうが、同じことです。

私はそうした傾向を世界の北朝鮮化と、勝手に自分で呼んでます。ジョージ・オーウェルの世界だと思う人もあるでしょう。北朝鮮なら、すべての金正日化ですから、わかりやすい。ところがIT化、情報化だと、それがわかりにくいんですよ。そのなかでは、さまざまな選択肢があるように見えるから、「自由だ」と思い込んじゃう。でも「それ以外」という選択肢が、いつの間にかなくなってるんです。現在のイスラムのテロは、深いところでは、そこからの主張でしょうね。

純粋行為はトイレでの小便と同じで、枠が必要

私のいう原理主義は、こうした傾向全体を指しています。だからわかりにくいかもしれませんね。一般的に、現代社会の大問題は原理主義で、アフガンもイラクもイランも北朝鮮も、そうだということになってます。それならそういう国々がなくなれば、原理主義が消えるかというなら、そうはいきません。

オウム真理教は、まさに「あたりまえの日本の世間」から生じたんですからね。テロを撲滅すればいいと思っているなら、いまアメリカがやっているように、やってみればいい。また出てくるでしょうね。「いずれ帰ってくる」んですから。それより地球全体がある意味では北朝鮮になって、だれも気がつかないと

いうことすら、起こりえます。

テロって、一種の純粋行為なんですよ。だれが犠牲になろうが、かまってないんですからね。犠牲者のなかには、まったく無関係の子どもまで含まれてる。戦争もそうですよ。私は頭の上に焼夷弾《しょういだん》を落とされたことを、忘れてませんからね。

おそらく純粋行為は、一定の枠内に、社会的な約束ごととして、はめ込まなければいけないんです。トイレでの小便と同じです。そういう行為そのものを禁止することはできません。なぜならそれは人間が本来することのひとつで、悪いばかりじゃありませんからね。

そうした行為を抱え込むシステムこそが、宗教であり、大学だったんです。修道院でひたすら神に祈ってばかりいる。それなら穀潰《ごくつぶ》しで、社会的にはなんの役にも立たないじゃないですか。托鉢《たくはつ》だって、そうでしょ。雨の日も風の日も、門に立つなら、その分、正業に励めばいいじゃないですか。そんなことはわかってるからこその、祈りであり、托鉢なんでしょ。それが「わからなくなった」んですよ、現代人は。

ここ、むずかしいでしょ。私だって、言葉で十分には説明できませんもの。でも、それでいいんです。説明できないからこそ、言葉ではない純粋行為が存在する意味がある。しかもやっているほうは、いわば一生をかけているんです。そうした「正規の」純粋行為がよく理解されなくなってくると、テロが起こり、紛争が起こるんですよ。それは別な形の純粋行為だからです。

その意味でいうなら、大学紛争は無理もないことだったんです。「大学とはなんだ」、「研究とはなんだ」。その解答は、それを一生をかけて追究することなんです。当時の学生は、大学がそういうところだとは、もはや夢にも思えなくなっていた。それだけのことです。

宗教は新しいほど危険

私が行った中学・高校は、当時は横須賀《よこすか》市にあった栄光学園です。校長はグスタフ・フォス先生という、イエズス会の神父さんでした。私が通っていたころは、この校長はまだ若く、子どもの私から見ても、いまでいうならビジネスマンになったら成功するんじゃないかというような、やり手の感じの人でした。でも この人が晩年、いっていたことがあります。「よいことは、人に知られないようにやりなさい」。この校長と学園創立以来付き合ってきて、性格が合わずに、その校長にさんざん文句をいっていたウルフ神父さんが、校長が亡《な》くなってから、その言葉を引用していわれました。「校長もいいことをいうようになった」。

人に知られないようにするのは、小便と同じ、あるいは悪いことと同じです。そうではない。この言葉の意味は、純粋行為ということだと、私は思います。いわばそれが、宗教の本質のひとつなんですよ。私はそう思います。

イエズス会はカトリックで、キリスト教ではいわば古臭い宗派です。仏教も一色ではありませんが、古い宗派を含んでいます。そうした「古い」宗教は、純粋行為が社会的に行なわれたときの、解毒剤《げどくざい》を含んでいます。新しくなるほど、そこが危険です。新しい宗派が「間違っている」というのではありません。誤解しないでください。新しい宗派のほうが、当然ですが、「むずかしい」のです。

カトリックなら、歴史上にいわばさんざん「悪いこと」をしてきていますから、「うしろめたさ」が身についています。新しいということは、それが「ない」ということです。そういう宗派が「自分は正しい」と思い込むと、当然ながら社会的に危険な面が出てきます。だから「むずかしい」んですよ。イスラムはカトリックより新しく、プロテスタントはさらに新しい面を持っています。まして いわゆる新興宗教は、いうまでもありません。

どんな宗派であれ、私はべつに分け隔《へだ》てをしているのではありません。ただ社会と関わるときには、新しい宗派ほど、周囲には用心が必要だといっているのです。これも「あたりまえ」じゃないですか。アメリカとイスラム原理主義の喧嘩《けんか》は、やや新しい宗派どうしの争いです。アメリカはプロテスタント、それもファンダメンタリズムの国ですからね。

「純粋」という古い表現になじんでいる人は、大学紛争のときの共闘系を思い出すんじゃないですか。「あの連中は純粋だ」。当時もそういう評がありましたよ。そうなんです。共闘系の人たちは、どこか純粋という感じがしたんですよ。本気になって、「学問とはなんだ」、「研究とはなんだ」、ですからね。大人なら、そんな問いは、とうに卒業している。目の前の仕事を、きちんと片付けなきゃならないですからね。

大学近代化のはじまりが紛争だった

考えてみると、あの紛争は意外にややこしい面を含んでいますね。世界的に安価な石油が行きわたって、都市化が進みました。そこで社会に余裕ができて、大勢の若者たちが大学に行くようになった。それまでなら、中学、高校卒で金の卵、就職していたわけです。さもなければ戦争です。第一次、第二次世界大戦といわれたものを、私はそう理解しています。つまり社会に入ってくる若者を、すぐには受け入れる余地がない。それなら戦争だ。そうして若者を数百万という単位で、いわば組織的に殺したわけです。そういう意図があったとはいいませんが、結果的にそうなった。

たまたま戦後のベビーブームの落とし子たちが、新しい都市化の波に乗りました。石油による都市化のおかげで、それまでのように戦争はしないで済んだ。日本では団塊の世代といわれる世代です。冷たい戦争はありましたが、熱い戦争にはならなかった。社会に余裕があったからです。

その世代が大学に入ってみると、大学の制度自体は旧態依然としている。その後の数十年をかけて、大学はどんどん「近代化」していくわけですが、つまりそのはじまりが紛争でした。その「近代化」そのものは、純粋行為の保存場所としての大学を解体することだったんです。「開かれた大学」とは、そのことです。「開く」のは、世間に対してですからね。世間とは「大人の世界」、政治の世界、見ようによっては「不純な」世界です。

ところが個人の価値観は、まだ古いほうに残っているわけです。どこかで「純粋」を求めていたんですよ。だから純粋志向の学生ほど、共闘になりやすかった。大学はもともと純粋行為の保存場所なのに、純粋を求める学生を満足させることができない場所になっていたんです。ここがややこしいところなんですよ。あのころ、大学は時代遅れだと、よくいわれました。それなら時代を先取りすればいいかというなら、それでは古典的な大学の意味がないんです。いわば「純粋でないこと」をするのが「近代化」なんですからね。

その矛盾がいちばんよく出ていたのは、産学協同反対という学生のスローガンでしょうね。産学協同は、いまでは当然とされています。つまりそれが近代化なんですが、学生たちはそれは「純粋ではない」と反対する。政治的な左翼の影響、資本家のやることなら、悪いことにきまってるという、マルクス主義の影響もあったんでしょうね。ところが大学のなかで行なわれている研究に対しては、こんどは専門バカだという。社会に開かれてないというわけです。教授連中も困るわけですよ。世間に対して開こうと思えば、不純だと反対される。閉じたままでいようとすれば、世間も含めて、時代遅れだと糾弾される。

本当に正しいのはなにか

だから「本当に正しいのはなにか」なんですよ。時代が変わっても変わらないものはなにか。いまでも私は、大学はそういうことを追究していいところだと思っています。しかし実際の事情は別でしょうね。大学はもっぱら開かれた形になっていくでしょう。制度的に公金を遣っているんだから、その意味では当然でしょうね。だから私は大学を辞めて、いわば個人に戻ったんです。「本当に正しいのはなにか」なんて疑問は、考えてみれば、公《おおやけ》にやるべきものじゃないでしょうね。そんな答えが公から出てきたら、これほど不気味なものはないですからね。

思えば「純粋」という言葉も、ほとんど死語でしょうね。恋愛至上主義なんて言葉もあった。純粋行為としての恋愛というわけです。恋愛のための恋愛。そういう考え方があったから、逆に「不純」異性交遊なんて言葉があったんでしょうね。これは警察つまり法律の用語に残っているようですが、不純異性交遊という言葉から、いまの若者はなにを連想するんですかね。純粋な異性との交遊をいうんだったら、性行為そのものじゃないか、なんて思うんじゃないですかね。それならプラトニック・ラブが不純異性交遊だったりすることになる。実際に北欧の人はそういう感覚のようですよ。ポルノは猥褻《わいせつ》じゃないが、エリカ・ジョングは猥褻だというんですから。

むずかしい話になりました。すみません。でも私が若いころは、まだ「純粋」という言葉は生きていたんですよ。子どもがまだ「子どもらしかった」時代です。そのころには大学もまだ「大学らしく」いられた。いまではムリでしょうね。「本当に正しいのはなにか」という疑問は、これからは個人が抱えていくんでしょうね。それが「正しい」あり方かもしれません。ソクラテスも孔子《こうし》もデカルトも、それこそお釈迦様《しやかさま》もキリスト様も、結局は個人でしたからね。

第8章

日本人は諸行無常

戦争や紛争の話が多くなりましたけど、そんなことばかり考えていたわけじゃありませんよ。そういうことが、人生に対する自分の考え方にどれだけ影響したか、それを説明してみただけです。

ふつうは、そういうふうに、いわば「大げさに」は考えないかもしれません。「人生観に影響するのは、もっと個人的なことじゃないのか」。親が死んだとか、失恋したとか、どこに就職したかとか。

でも私はそうは思わないんです。だって、親が死ぬのは、じつはあたりまえだし、恋愛で失敗するのも、あたりまえといえば、あたりまえじゃないですか。そういう事件で影響を受けるのは、いわば人生の基礎なんです。

同じ事件でも人によって経験は違う

ところが大きな社会的事件は、一般的なようで、そうでない面を持っています。だから戦争や紛争の話をしたわけです。同じできごとが、立場によって、まったく違って見えるんですからね。同じ事件に巻き込まれても、違う経験をしちゃうわけです。

もちろん個人的なことでも、それはじつは同じです。自分の親の死は大事件ですが、赤の他人にとっては、なんのこともない事件です。でも、他人の親の死を、その人にとっては大事件だろうと察することはできます。なぜなら自分の親の死と、置き換えることができるからです。追体験ができます。

ところが社会的な事件では、その「置き換え」がむずかしいんです。リストラされた社員が、リストラする社長の立場を理解するか、あるいはその逆ならどうか、ということです。社員は社長じゃないし、社長は社員じゃないですからね。そのあたりから、ふつうの人の想像力の限界に近づくんじゃないでしょうか。クビになった社員が、社長も大変だろうなと同情するとは思えませんからね。それができるためには、社長に一度なってみないとダメかもしれませんね。でも社長になると、平社員時代のことなんか、すっかり忘れちゃったりしている。

いまの人は、個性ということをいいます。他人と自分は違うというんです。だから私が紛争に影響を受けたと書くと、それは私個人の特殊な事情と思われちゃうわけです。そうではなくて、人間はじつはかなり「同じ」なんですよ。それを個人個人は大きく「違う」と思わせてきたのが、西欧近代なんです。もっと厳密にいうなら、西欧近代的自我の存在です。だからノーベル賞なんでしょ。「人間は同じ」だということをいうには、「同じ」事件でも、「立場によって」まったく違って見えるということを、よく理解しないといけないんです。そうでないと、大学紛争に対する考え方の違いを、「個性」の違いだと思ってしまうんです。だから私にとっての紛争を、ていねいに語ったんですよ。

同じ事件でも社会によって経験は違う

考え方という面では、社会についても、個人の人生と、話は結局は同じじゃないかと思うんです。世界にはいろいろな社会があります。そうした社会は、「同じ事件」にぶつかりますが、反応は同じじゃないし、影響はかなり違ってきます。この前の戦争に対する日本と中韓両国の態度の違いを見れば、それは明らかでしょう。でもそれは「たがいに理解不能」ということではない。

同時に戦争や災害が、その後の社会の考え方に大きく影響します。そうした影響を考える基礎になるのが、「ある社会的な事件で、自分個人がどういう影響を受けたか」なんです。それ以外に、考えようがありませんからね。しかもそういう大きな事件は、年中起こることじゃありません。だからそれを「平常心」で理解するのは、案外むずかしいんですよ。

いわゆる「歴史問題」に関する、日本と中韓両国の意見の食い違いでは、まだ戦争や「植民地」時代の直接の体験者が生きてますから、さらに厄介です。「直接に」体験したことは、生き生きと感じられます。それを平常まで戻すには、時間がかかるんです。本人にその気がないときは、もう平常心には戻らないのがふつうでしょうね。

私が戦争や紛争のことを考えるのは、それもあります。私自身は中国と戦争したわけじゃなし、朝鮮の植民地時代もよくは知りません。それなら自分が体験したことから、「想像する」しかないわけです。自分が体験したことを徹底して理解する。それがほかのことを理解することになるはずなんです。

いまは、思想は個人のものという考えが強い。というより、それで当然と思われてます。でもその考え方は、西欧の十九世紀の産物だと述べてきました。

個人の心理と社会の心理、個人の思想と社会の思想は、じつははっきり区別できないんです。すでに述べたように、まったく「個人的な」ことであるなら、他人には理解できないはずですからね。言論は一般的つまり社会的であるしかないんですよ。それでなけりゃ、独り言じゃないですか。

戦争や紛争という「異常な」できごとを、「平常心」で理解するということは、平和にあって戦争を理解することに通じます。こういう厄介なことを「理解する」ために、自分が体験した「異常なできごと」を、まず自分で消化する必要があるわけです。それができれば、つまりその「方法」が見つかれば、それが戦争を防止することにもなる。あるいは「戦争はあって当然」という答えが出るかもしれません。それでもいいんです。それが正しい答えであるなら、ほかの人も、いずれかならず納得するはずですからね。

個人は社会から区別できない

そういう意味で、個人の思想の歴史を語ろうとしても、見聞の範囲が狭いとはいえ、社会の思想の歴史になってしまうはずなんです。科学がその時々の社会の影響を受けることを指摘したのはマルクスですが、それにはもっと深い根拠があるわけです。「社会の影響を受ける」という表現には、個人の思想は「社会とは独立だ」という前提が隠されています。真理や心理には、そんな前提は成り立たない。ここではそう述べているわけです。

そういう視点で、たとえば日本の近代史を見るなら、私は戦争への過程は、関東大震災と関係しているという仮説を持っています。あれだけの大災害が首都で起こって、それが政府要路の人たちの考え方に影響していないはずがないでしょう。あのとき、京都が首都であったなら、その後の日本の歴史も違っていたかもしれないと思うのです。つまり私は、ここで深層心理を語っているんです。

神戸の震災のあとでは、ＰＴＳＤつまり心的外傷後ストレス障害が問題になりました。関東大震災当時にはそういう概念自体がありません。それでもＰＴＳＤがなかったはずがない。直接に自分自身や家族には影響がなかったとしても、「ああいうことが、いつ起こるかわからない」という気持ちは、多くの人に共有されたに違いないと思います。

それが災害に対する東京の人々の感受性を変えた。いうなれば、「鈍く」した。それに政府要路の人たちが含まれます。なにしろ十四万人が死ぬという災害が、「ついこの間、起こったこと」なんですから。それならその後の戦争に対するいわば「平気な」態度は、そうしたできごとで「養われた」ともいえるんじゃないでしょうか。

大正デモクラシーといまでも呼ばれる時代、サラリーマンの増加、「狭いながらも楽しい我が家」と歌われる「マイ・ホーム」主義、車の一般への普及、竹久《たけひさ》夢二《ゆめじ》のポスターに代表される広告宣伝の発達。そうした「明るい」時代の雰囲気が、なぜ急に軍国化へと進んだのか、大恐慌《だいきょうこう》だけでは説明しきれないものがあると私は思います。そして、そうしたデモクラシーの雰囲気は、戦後にふたたび「戻って」きます。昭和元禄《げんろく》なんて、大正デモクラシーの再現だと指摘する人もあるくらいです。

それなら「軍国主義」が示していたものはどうか。それもまた消えないことを示してくれたのが、前章に述べた大学紛争だったわけです。

平和と戦乱の対立として、日本史を見るとすれば、みごとにそれが循環しているように見えます。源平から戦国までは戦乱の時代ですが、それ以前は、京の都の人にとっては、まさに「平安」時代でした。

あまり気づかれないようですが、『平家物語』の最後のほうで、摂津国一谷《つのくにいちのたに》で平家を討った源範頼《みなもとののりより》と義経《よしつね》が京に戻り、「討ち取った平家の公達《きんだち》の首を京中にさらす」と主張するところが出てきます。後白河法皇《ごしらかわほうおう》を中心とする朝廷は、それに反対します。しかしそれを押し切って、首がさらされる。私はこの事件を乱世のはじまりと見ています。なにしろそれまでは死罪すらほとんどなかったといわれているのですから。

さらにいえば、江戸は平和な時代の典型です。そりゃそうでしょう、この狭い島国で、親子兄弟、親戚《しんせき》一同、血で血を洗う大騒動を約百年、それまでくりかえしたんですからね。それを戦国時代というわけです。それなら戦後と同じで、人々は平和をさぞかし望んだでしょうよ。それが江戸時代の平和の基本でしょ。殿中松《でんちゅうまつ》の廊下《ろうか》で脇差《わきざし》を抜いた。それが浅野内匠頭《あさのたくみのかみ》が切腹させられた理由です。それを思えば、江戸がいかに平和志向か、暴力を排除したか、わかると思います。

そう思えば、『古事記《こじき》』や『日本書紀《にほんしょき》』が成立する以前の時代は、ほとんど戦国だったんでしょうね。それが終わったのが、奈良時代。その直前には、まだ壬申《じんしん》の乱《らん》なんか、やってますからね。

ああいう争いは、もうやめよう。それでできあがったのが、『古事記』や『日本書紀』だった。そう私は思ってます。それまではさまざまな人々が日本列島に住み、さまざまな生活様式で、さまざまな言葉を使っていたかもしれないのです。縄文式土器なんて、地域によって、かなりの違いがありますからね。そうした多様性を超えて、列島の政治を統一したのが大和朝廷《やまと》だったんでしょうね。

日本とアメリカはよく似ている

そうだとすれば、日本の成立は、アメリカ合衆国の成立にやや似ている。時代が千年以上、ずれているだけです。南の島々、朝鮮、中国、あちこちからいろいろな人がやってきて、一緒の国を作ったわけです。もちろん原住民までいる。東北ではそれが蝦夷《えみし》として最後まで統一されにくかったわけです。

そういうことは、いまなら遺伝子を調べることで、追いかけられます。家系図なんかなくたって、自分の祖先が中国南部の出身だなんてことが、わかってしまうんですよ。そういう時代に、ある種の偏狭《へんきょう》なナショナリズムを主張するのがいかにバカげたことか、多くの人が認める時代がまもなく来ると思います。

日本とアメリカは、戦争という大喧嘩《おおげんか》をしたくせに、どこか似てますよね。喧嘩のあとの片付き方を見ていると、しみじみ思います。鬼畜米英《きちくべいえい》が、あっという間に、アメリカ化されちゃうんですからね。根本的に似たところがあるんじゃないかと、思わざるをえません。そもそも大正デモクラシーなんて、一種のアメリカ化ですからね。それをまとめていうなら、日本もアメリカも、好むと好まざるとにかかわらず、「故郷を捨ててきた人たちの集団」だということです。中国や朝鮮で暮らしていられたなら、そのまま暮らしていたでしょう。それが日本までやってくるということは、故郷では暮らせない、暮らしたくないという、それなりの事情があったとしか思えないのです。

それに対して、中国と日本の対立を見るたびに、考え方の違いをしみじみ思わされます。日本は中国から文字を取り入れ、千年以上にわたって中国の影響を受けてきました。それなのに、なにかというと対立する。まあ、内ゲバみたいなものかもしれません。へんに近いと思っているから、小さな違いが大きく見えるんでしょうね。

でもひょっとすると、中国流のやり方が嫌いな人たちが、日本に逃げてきて、日本人になったのかもしれないんですよ。アフガン出兵やイラク戦争では、ドイツ、フランス、ロシアという欧州諸国と、アメリカが対立しました。そのときにあるアメリカ人がいったと聞きました。「俺たちはああいうやり方が嫌いだから、ヨーロッパからアメリカに来たんだ」と。

歴史問題に対する日中の考え方の違いに、よく出ていると思いますよ。日本では「なにごとも水に流す」し、中国では「死せる孔明《こうめい》、生ける仲達《ちゅうたつ》を走らす」んですから。あるいは、死んだら最後、仲間じゃないのが日本ですが、孔子《こうし》の子孫が村を作っているのが中国ですからね。

文化的な伝統というのは、逃げようがないところがあります。なぜなら、文化を基礎づける重要な方法のひとつが言語ですが、言語はその社会のあり方と密接に関わっていますからね。私は日本語を使います。すでに科学論文のところで述べましたが、科学者にとっては、それはフツーじゃないんですよ。英語のほうがフツーなんだから。だから日本語にこだわった挙句《あげく》が、私は科学者じゃなくなった。そういうしかありません。

「俺の本って、お経じゃないか」と思った

いまやっているように、私は日本語でものを書くようになりました。それなら、あたりまえですが、日本語で考えます。「自分で考えて」、自分の考えの枠組みを書いた著書が『唯脳論《ゆいのうろん》』です。これを書き終えてから、中村元《なかむらはじめ》先生の書いた仏教の解説本をたまたま読んでました。そこに阿含経《あごんきょう》の内容を紹介した、短い解説がありました。それを読んだ瞬間、思いましたよ。「俺の本って、お経じゃないか」って。「俺が書こうと思ったことって、昔のお経に書いてあったんだ」って。

多くの人が信じないでしょうね。私だって、信じられなかったんですよ。でも、そうだから仕方がない。もちろん本人はお経の勉強なんか、したことがあり

ません。でも近代科学の成果を学んで、その基礎について考えていたら、なんと結論がお経になっちゃったんですよ。

『唯脳論』という表題は、当時は青土社にいた喜入冬子《きいれふゆこ》さんがつけてくれたんです。その背景にはもちろん「唯識《ゆいしき》」があるわけです。喜入さんと相談したわけじゃないんで、こういう題をつけてくれたということ自体が、仏教思想が背景にあるということに、喜入さんが気がついたということでしょう。でもマサカと思う。だから気持ちとしては、半分は冗談みたいなものだと思っていたわけです。

最近、似たことがありましたよ。スリランカから来られたお坊さんにお会いして、お話をしたわけです。この方は私の著書を読んでおられて、私となら話をしてもいいといわれたんだそうです。読んでくださったのは、『バカの壁』と『養老孟司の〈逆さメガネ〉』（ＰＨＰ新書）だと思います。

お会いして、このお坊さんがまず仏教の基本的な考え方を述べられたわけですが、それは要するに「諸行無常《しょぎょうむじょう》」と「無我」です。それを聞いているうちに、アッと思いました。私がこのふたつの著書に書いたことは、要するにそれですからね。私となら「話をしてもいい」とこのお坊さんが思われたのは、要するに根本的な考えが同じだと思われたからでしょ。

ところが、です。このふたつの本を書いていたときの私の頭には、それが仏教的な思想だという思いはまったくなかった。近代科学について考えているうちに、いわば「ひとりでに」到達した結論だと、自分では思っていたわけです。いうなれば、西欧近代的自我の産物というわけです。どこまでいっても自分で考えたもの、「私の思想」なんだから。

なんとそれが、いわれてみれば、仏教の根本思想と同じなんですよ。私はお寺さんで話をする機会も少なくないんです。でもそのときに、自分が仏教の信者だなんて、思ったことはない。

大正大学でも講義をしてますが、「なぜ俺が坊さんに説教せにゃならん」と思ってました。「説教は坊さんの仕事じゃないか」って。

科学はキリスト教の解毒剤《げどくざい》

諸行無常なんて、日本人ならだれでも知っている言葉ですわ。でもその内容は、じつは「死んでた」わけです。だれもふだんはそう思ってないからです。

だからたとえば、現代の日本人は、たいてい「自分は死なない」と暗黙のうちに思ってる。だって西欧近代の自我を認めるかぎり、「私は私、個性を持った同じ私」ですからね。「同じ私」だってことは「変わらない私」ってことでしょうが。そんなものが存在するなら、論理的に死ねませんわ。だって、「変わらないもの」が、なぜ「死んで、なくなる」んですか。「死んで、なくなる」のなら、「変わる」ことになっちゃう。

バカみたいなものですわ。キリスト教の世界では、霊魂は不滅です。だから「変わらない私」が存在できるんですよ。「変わらない私」って、つまりは霊魂ですからね。近代科学を取り入れると、「そんなもの、古臭い迷信だわ」と思うようになるでしょ。だけど近代的自我とは、「私は私、同じ私」だっていうことです。それなら結局は、霊魂の不滅じゃないですか。

諸行無常を自分に応用するなら、無我になります。「変わらない私」なんてない。そういうことでしょ。「変わる」私なら、どの私が私なんだという疑問が起こります。私は毎日変わる。そんなもの、定義するのが面倒くさいから、「無我」なんですよ。

無我という概念が日本の世間に入ると、「己を虚《むな》しうして人に尽くす」といった意味にとられてしまいがちです。もともとはそうじゃないでしょう。自我という概念は成り立たない、といっているのです。もちろんそれには異論が出るでしょう。あたりまえですが、だれだって自己意識がありますからね。この点はあとでもう一度、詳しく説明します。

近代科学といわれるもの、それはもともとキリスト教と結びついてます。キリスト教は一種の原理主義です。原理主義には、さんざん述べてきたように、毒があります。その解毒剤のひとつが科学なんですよ。だからキリスト教と西欧由来の科学は、一組あるいは対《つい》になったものです。霊魂の不滅を説くキリスト教の世界、その解毒剤である科学から、唯物論《ゆいぶつろん》的な志向が生じるのは当然です。

ところが西欧社会そのものは、科学じゃありません。キリスト教の影響を長く受けているわけです。だからその社会では、「近代的自我」は成り立ちやすい。もともと霊魂の不滅を説いているんですから、「変わらない私」としての近代的自我は、すんなり受け入れられるんですよ。いってみれば、西欧近代的自我というのは、キリスト教が与えてきた不滅の霊魂のかわりに、科学的思考が与えた「自分という存在」なんですよ。

そんなものは半端《はんぱ》なものです。どこが半端かというなら、「変わらない」という意味では、キリスト教の「霊魂」をまだ引きずっているからです。「自分」をそれこそ「客観的に」、外から観察してみてください。それが「科学」ですからね。自分を構成している物質は、日々入れ替わります。人体の七割は水で、そんなもの、一年経《た》ったら、まったく入れ替わってしまうじゃないですか。他の物質にしても、早い遅いの違いはあれ、いずれまったく入れ替わってしまいますよ。唯物論的な科学を信じている現代人が、「自分は同じ自分」と思い込んでいるのは、ほとんど冗談としか思えないじゃないですか。

現代世界は「同じ」という機能の上に成り立つ

突然のようですが、デカルトはその意味でじつに興味深い人ですよ。「我思う、ゆえに我あり」。これが自己意識そのもので、意識の本質とはじつは「それだけ」だといっているんです。同時にすべてはそこから発している。よく解説されるように、考えている自分がいて、その存在だけは疑えない。そういうことだけではありません。意識を端的にいおうとすると、結局はデカルトに尽きてしまうんです。意識というのは、要するにそれじゃないか、ってことです。しかもそこから自己同一性がはじまるんですよ。

そう思えば、デカルトに決定的に対立する論点こそが、本来の「無我」です。考えてる私なんか、ない。そういっているんですからね。いまの人にそんなこといったって、通じないでしょう。いまの人にとっては、「考えている私しかない」んですから。だけどその「考えている私」を具体的に追究すると、刻一刻、違ってきてしまう。考えていることだって、瞬間ごとに少しずつ違ってきますからね。それが諸行無常ってことでしょうが。万物流転《ばんぶつるてん》といってもいい。

「考えている私」というのは、つまり意識のことです。意識は一日に最低一回は、かならず消えます。寝ちゃいますからね。いったん消えますが、しばらくするとまた出てくる。目が覚めるわけです。また出てきたときに、まず「私は私、同じ私」と確認します。目が覚めたときに、「ハテ、私はだれでしょう」と思ったことがありますか。思ったって、別に不思議はない。寝る前の私と、目が覚めたあとの私が、「同じ私」だなんて保証はありませんからね。

でもふつうはそうは思わない。断固として、「同じ私が目が覚めた」と思ってる。意識はその意味で連続性を保っているわけです。ところが実際には、寝るという形で中断してます。

意識は年中、途切れるわけです。たとえ途切れても、途切れる前と「同じ」、それをいうのが意識の務めなんです。さらにいうなら、「同じ」という機能は、意識が与えるんですよ。現代はその「意識」が基本の世界、意識中心主義の世界です。「同じ」という意識の機能が中心になった世界ですから、言葉の世界となり、情報の世界となる。情報も言葉も、「同じ」という機能の上に成り立つんですから。そのあたりのさらに詳しい議論は、『バカの壁』と『養老孟司の人間科学講義』を読んでくださいね。

そもそも日本語が「諸行無常」

なんの話かといえば、自分で考えて、本を書いたら、仏教思想の解説になっちゃったという話です。

なぜか。日本語を使ってるからでしょうね。日本語は明治以降、さまざまな抽象概念を西欧から借り入れました。その際にいろいろ造語をしたわけですが、その基本になったのは、おそらく仏教用語なんですよ。だって、それ以前の抽象用語といったら、仏教の用語しかないんですからね。日本史では仏教伝来が大きく扱われますが、これはたしかに大事件でしょうね。お経をなんとか読もうと思って、カナまでできたという話がありますからね。お経にいわば振り仮名を振っていく。そこでカナができてくるというわけです。

千年以上、抽象思考は仏教漬けになってきたんですから、日本語を使ってものを考えたら、「仏教寄り」になるのは当然ですな。だから学問とは方法じゃないか、って書いたでしょ。学問の最大の方法のひとつが、言語なんですから。その言語の癖は、思考の癖を導いてしまいます。

逆にいうなら、そこに英語で論文を書くことの、根本問題があるわけです。国際語だなんて、平気でいってますが、方法を重視する私のような見方からすれば、英語で書くのと日本語で書くのとでは、どこか基本が違っちゃうんですよ。だから日本語で日常生活をして、英語で仕事ができると思うほど、私は「甘くない」んです。私だって、英語を書いたり、英語をしゃべったりしますよ。でもそれはそれが「通じる」範囲でしかない。ここに書いているような面倒なことを、英語でいう気は、とりあえずありません。面倒でしょうがないんです。

日本語はたしかに中国語の影響を受けてます。漢字を取り入れてますからね。だけど漢文の返り点を考えてみてください。語順は断固として変えないんですよ。しかもカナを作った。助詞とか助動詞とか、そんなものは中国語にはありません。中国語には動詞の変化なんかないんですから。でもそういうことは真似《まね》しませんでした。ごちゃごちゃした助詞なんか、なくしたっていいじゃないですか。現に中国語にはないんだから。でもそこは「変えられない」んです。文字をすっかり取り入れるほどの影響を受けても、言語は変えないんですよ。その変わらないもの、それを文化とか伝統とかいうんでしょ。

私は自分「個人の思想」を一生懸命に作り上げようとした。それでこういう本まで書くわけです。結果はどうなったかというなら、原始仏教の思想を現代風に解説することになったわけです。本人には、そんなつもりはまったくありませんでしたよ。

だから個人の心理なんかない、思想なんかない、という結論になるわけです。どのみち他人に通じなけりゃ、考えに意味なんかない。それならそうなって当然でしょ。日本でいちばん広く受け入れられる思想というのは、これまでの伝統的な思想を含んだ思想でしょ。それなら千年以上前の仏教思想にまで到達しても、あたりまえじゃないですか。

ゼロから考え直すと原始仏教になった

そういう考えを妨害するのは、またしても西欧近代でしょ。私の思想とは「私個人に独自の思想」だ、と。そんなもの、あなたに関係ないでしょ。だって「個人に独自」なんだから。「だれかに独自の思想」なんて、あなたになんの関係がありますか。

ここまで来れば、個人の心理と社会の心理に区別はない、個人の思想と社会の思想に区別はないといった意味が、いささかなりとも、おわかりいただけるのではないでしょうか。そもそも自分の「思想」だって、「あのころ、俺はいったいなにを考えていたんだ」と、あとから思ったりするんですからね。当時の自分の思想が、いまの自分の思想と無関係になっちゃった。それをいっているわけです。それを「あのころの自分は独創的だった」と思いたければ、勝手にそう思えばいいわけです。でもそれがどういう思想だったか、いまじゃあ、わからないわけです。なるほどそれなら「独創的」ですわ。そんなものでしょ、「独創的」って。

常識って、へんなものですね。諸行無常だって、無我だって、常識でしょ、日本では。でも「本気でそう思っている」人なんか、ほとんどいない。「私は私、同じ私」だと思っている。じゃあ、考えた挙句にそうなったかというなら、そうじゃないでしょ。西洋の景気がよかったから、それに付いて歩いただけ。おかげで中国や韓国には、いまだに侵略呼ばわりされて、できれば戦争は思い出したくない、なんて思ってる。じゃあ、日本の伝統に戻ってみると、そんなもの、前近代だと思われちゃう。それならゼロから考え直すしかありません。そう思って考え直してみたら、原始仏教になっちゃった。

そろそろ素直に考えてみたらどうですかね。私は日本人か、アメリカ人か、って。国際人だと思っている人もあるでしょうね。それなら英語で考えてるんですか、日本語で考えてるんですか。方法は重要ですからね。

日本語で考えてるなら、諸行無常と無我くらいは自分で考えて、当否を決めてください。その結論はあなたのもので、私の知ったことじゃありません。その結果、「新しい日本」ができていくわけです。アメリカ流の金融システムを作るから「日本が変わっていく」わけじゃありませんよ。「身につかない」ものは、どうせ身につかないんですからね。

第9章

努力・辛抱・根性

人生について、私はグズグズ考えながら、暮らしてきたわけです。それは癖みたいなもので、いまさらどうしようもないんです。行動家なら、考える前に動いてしまうんじゃないんですか。そういう人なら、もともとこんな本を読む必要がないでしょうね。

この本に書いているように、私はいろんなことを考えます。「どうしてそういうことを考えるんですか」。おかげで、よくそう訊《き》かれます。そんなこと訊かれたって、自分でもはっきりとはわからないんですよ。

ただ、長い間、学生生活もしたし、学生さんを見てもきました。それでいえることはあります。まず第一に、ものを考えようと思うなら、問題あるいは答えを「丸めちゃダメ」だということです。「そういうものだ」と思ってはいけない。具体的にいうなら、そういうことです。

たとえば「なぜ英語で論文を書かなきゃならん」と私は思ったわけです。その疑問を避ける最良の方法は「そういうものだ」と思うことです。「論文は英語で書くものだ」、「科学とはそういうものだ」、「世間とはそういうものだ」などなど。これをやれば、あとは考えないで済みます。なにしろ「そういうもの」なんですから。

誤解しないでくださいね。「そういうものだと思っちゃいけない」。そういってるんではありません。それは疑問によるんです。「朝起きたら、なんでお早うございますなんだ」。そんなこと、「そういうものだ」と思って差し支えないんです。もちろん思わなくたっていいんですけど。

考えるためにはこだわる必要がある

疑問を丸めれば、自分は楽だし、世の中では暮らしやすくなります。でもそれをあまりやると、考えなくなります。世の中には、変なことがいつも起こるわけじゃありません。それならたいていのことは、「そういうものだ」でじつは済むわけです。それで済ませていけば、あまり「考えないで済む」。

とんでもない事件が起こると、「なぜだ」と多くの人がその時は思います。でもまもなく忘れてしまう。いつまでもそんなことにこだわっているより、ほかにすることがあるでしょうからね。「済んじゃったことにこだわっても、仕方がないだろう」。利口な人はそう考えると思います。

若いときに、東大医学部で進化に関する講義をしたことがあります。講義のあとで、秀才の大学院生にいわれました。「進化なんて、そんな、済んでしまったことを考えて、なんになりますか」。

これはいまでも覚えているくらいですから、みごとな質問でしたね。まさにそのとおりなんですよ。だからこの人は進化も考えないでしょうし、歴史に関心もないでしょうね。そのかわり、現代社会では成功する。「ただいま現在」に集中できますもの。それはそれでいいわけです。人間は現在に生きているんですから。

ものごとの打ち切り方は、いろいろあります。これもそのひとつでしょうね。とても日本人らしい。「なにごとも水に流して」ますからね。「ともあれ済んじゃったことだから」って。私も日本人ですから、この質問に感嘆したんでしょうね。

考えを打ち切らないということは、「こだわっている」わけです。ですから私は、ある面ではこだわり屋なんですよ。考えるためには、こだわる必要があります。こだわることは、世間ではかならずしも美徳じゃありません。こだわることを学問にまでするなら、徹底的にこだわるしかない。だからいつまでも古いできごとについて考えるわけです。そこでだんだん答えが出てくる。

そういうアテがなきゃ、考えませんわ。でも、いつ答えが出てくるかというなら、わからないというしかありません。「いずれ、出てくるかもしれない」。そういうしかないんです。だから大学で、だから学問なんでしょ。この忙しい世の中で、そんなこと、してられますか。おかげでいまでは「開かれた大学」になったんでしょ。大学も世の中に合わせなきゃ、というわけです。「済んでしまったことは、考えない」ようにするわけです。

ときどき中国や韓国の人がそれで怒ってますけどね。靖国《やすくに》神社に首相が参拝したといって怒る。うっかりすると、靖国ごと過去の戦争その他を「水に流し」ますよ、この国の人は。

ファーブルはハチに徹底的にこだわった

話が飛ぶようですが、ファーブルの『昆虫記』、あれを読んでみたことありますか。人間の日々の営みからすれば、それこそ本当に「どうでもいい」虫の生活、それを一生追いかけた人のレポートです。

田舎道に一日座り込んで、ハチがなにをするか、ひたすら見ている。野良《のら》に行くおばさんたちが、行きがけにファーブルを見かけます。一日の仕事を終えて帰ってくると、まだ同じところに、ファーブルが座っている。自分のうちならともかく、野外ですよ。「あの人、変」。そういう結論になりますよね。ファーブルはハチの生活に徹底してこだわったわけです。

ホラ、努力・辛抱・根性じゃないですか。考えるためには、答えを「丸めない」だけじゃない、努力・辛抱・根性が必要なんですよ。

それでハチの生活がいくらかわかったところで、どうだというのだ。天下の大勢に影響はない。一文も儲《もう》からない。ふつうはそう考えます。そう考えて、いけないわけじゃない。だってほとんどの人は、本音ではそう思ってるんだから。でも、ものを考えたいなら、それではダメだろうと思います。

「そんなことにこだわらなくたって、考えることはいくらでもあるさ」。イラク派兵の是非とか、日本経済の動向とか、あるいは彼女は私をどう思っているんだとか。私はそういうテーマについて、ほとんど考えてきませんでした。いままでもそういうことを考えるのは、好きじゃありません。

だって、アメリカの気が変わったら、どうするんでしょうね。あの国は気が変わる国なんですよ。「武力の行使は、国際紛争を解決する手段としては、永久にこれを放棄する」という憲法を「日本に与えた」んですから。それがいまは「兵隊をイラクに送ってくれ」というらしい。新憲法は日本人が選んだんだという人もありますが、それでもいいんです。ともかく「気が変わる」ことは確かです。

彼女も年中気が変わるんじゃないんですか。

ハチはべつに気が変わりません。去年までは子どもにクモを食べさせてたけど、今年からは青虫になった。そういうものじゃありません。あいかわらずクモを追いかけてます。そういうことは「変わらない」んですよ。しつこく、こだわる。それをやって意味があるのは、相手が「変わらない」ものであるときです。相手がどんどん変わるもの、それにしつこくこだわったところで、意味がない。学問は変わらないものを追究する。もうそれはいいました。

じゃあ、戦争や紛争はどうなんだ。そのときだけのことじゃないか。

そうじゃないんです。あいう状況は、人間の歴史では、数え切れないほど起こってきたじゃないですか。だからそこには「変わらない」ことが含まれてるはずなんです。それをえり分けて、追究するのが、学問でしょ。昔の人はそれを「真理を追究する」っていったんです。

単純な解答はたいていウソ

「なぜ、もめるんだ」。「悪いヤツがいるから」。「悪いヤツはいつだっているんだから」。

もめごとについてなら、それが歴史上、いちばん素朴な解答だったでしょうね。単純明快です。アメリカあたりでは、いまでも結構、それで通用するんじゃゃないんですか。私が子どものころは、西部劇がそれでしたもの。「死んだインディアンだけが、いいインディアンだ」。このいい方は冗談みたいですが、植民地時代初期の真実を、あるていど突いてますよ。でもいまでは、原住民の権利なんていってる。

人は単純な解答を好みます。疑問に対して、きっぱりと、歯切れよく答える。格好いいじゃないですか。でもそれは、たいていウソです。単純で明快な解答がある場合も、もちろんあります。でもほとんどの場合には、「単純で明快な解答があればいいな」という希望なんですよ。だから考えたいなら、努力・辛抱・根性なんです。なんと、そこは運動部と同じ、体育会系じゃないですか。

ふつうは考える仕事と、体育会系とは、たがいに矛盾すると思ってます。東大の野球チームは弱い。単純にいうなら、頭を使うと体が使えない。体を使うと頭は使わない。そう思うわけです。

そうじゃないでしょ。どちらにしても頭は使ってる。頭を使わなきゃ、体は動きません。卒中になれば、それがイヤというほどわかります。脳卒中で「頭が故障した」から、体が動かなくなったんですからね。思考と運動では、頭の「使い方」、使う場所が違うだけでしょうが。

でも、どちらにしても「頭を使う」んです。だからその基本原則は同じです。努力・辛抱・根性。ジイさんになると、勝手なことをほざきますな。「じゃあ、一生懸命努力しよう」。ジジイにいわれて、若い人が素直にそんなことするか。するわけないじゃないですか。若いときの私は、いま思えば努力・辛抱・根性だったんですけど、そのときはそう思ってないんですよ。親があれこれいう、先生がいう、「しょうがねえから、やってやるか」。本音はそんなところでしたよ。若いうちは体力があるから、努力・辛抱・根性でも保《も》ちます。

体を動かすことと、ものを考えること、このふたつには深い共通点がありますす。だから宗教はどちらもするでしょ。すでに述べたスリランカのお坊さんは、日本で瞑想《めいそう》を教えてるんだそうです。どういう瞑想法かというと、自分の体の動きにひたすら集中する。いま指を動かすのなら、自分が指をどういうふうに動かしているのか、それに集中する。それ以外のことは考えない。考えちゃいけない。ここでは体の動かし方と、頭の訓練が同時に行なわれています。「それやったら、どうなるんですか」。それが現代風の質問でしょ。だから現代人は「体が動かなくなる」んですよ。どうなるか、答えが見えないとやらない。前に書いたじゃないですか。論理的に予測できることに、私は興味がないんだって。なぜかって、「そうなるにきまってる」からですよ。「本当にそうなるのかしら」。それを確かめるのなら、実験です。

古武道の稽古《けいこ》と「考えること」は同じ

古武道の甲野善紀《こうのよしのり》さんにお目にかかって、ときどき話をします。甲野さんは、自分の体を使って、いろいろなことができるのを見せてくれるんです。ビックリしますよ。勝負で甲野さんと立ち会ったら、相手が勝手にこける。それがウソじゃないんですから。

先日お会いしたときは、甲野さんがお弟子さんと竹刀《しない》で立ち会いました。竹刀をぶつけ合うと、互角です。たがいに斜めに竹刀を振り下ろせば、ガチンとぶつかる。両者の竹刀がそこで停止します。つぎにまた同じことをやって見せるんですが、今度はお弟子さんの竹刀が負けます。ガチンと当たって、さらに甲野さんに「押し込まれちゃう」わけです。お弟子さんが打ち負ける。

横から見ていると、互角のときと、結果は違いますが、途中のどこが違うか、べつに区別がつけられない。だからその解説があります。おたがいに、いわば竹刀を斜めに振り下ろすわけです。でも斜めに振り下ろすについては、動きを分解してみると、体が沈む動きと、回転する動きとがあって、それが合成されることになります。だからそのふたつの動きを「同時に別々にやる」と、「はじめから斜めに振り下ろす」場合に比較して、相手の竹刀に当たる力が、はるかに「強くなる」んです。甲野さんはそういう。

相手のお弟子さんはといえば、あいかわらず「斜めに振り下ろして」いるんです。はじめから斜めに振り下ろすかわりに、体を沈めて、同時に体を回転させる。それができるようになるには、もちろん訓練がいります。それを稽古というんでしょうね。

これを見せていただいて、「ああ、俺と同じことやってらあ」としみじみ思いました。なにが「同じ」かって、「考えること」と同じなんですよ。むずかしくいうほうが面倒がないから、むずかしくいいます。考えるにせよ、体を動かすにせよ、それを素過程《そかてい》に分解して、そのそれぞれを訓練すればいい。そういうことです。

そもそも「斜めに竹刀を振り下ろす」って、かなり高級な動きじゃないですか。

重力の方向って、上下ですからね。これが動物にとって、きわめて基本的な方向だってことは、だれでもわかるでしょう。高い木の枝にぶら下がって、手を離したら、「まっすぐに」落ちますからね。いわゆる鉛直線《えんちょくせん》です。

それにいわば対立するのは、重力に対して直角の方向ですよね。それが体の回転です。この場合、回転は重力と直角の面で起きますから、いわば重力とまったく関係がない。そのふたつが、たがいに独立の素過程になるわけです。

それを合成すれば、竹刀を「斜めに振り下ろす」ことになります。

ふつうは「力いっぱい、竹刀を斜めに振り下ろす」わけです。それを繰り返したら、だんだん強くなるかというと、たぶん、そうはならない。もともとその動きは「合成」なんですから、ひとつひとつの過程を強くしなけりゃ、ダメなんです。

考えることも、それと同じなんですよ。なにかを考えるときに、そのこと自体を考えようとする。「はじめから斜めに竹刀を振り下ろそうとする」わけです。そうすると、知恵が出ない。それこそ、あたりまえのことしか考えつかない。それで「どうせ俺は頭が悪いから」なんて、ひねくれちゃう。

そうじゃないんです。要するに竹刀が下りてくんだろ、同時に回転するんだろ、それなら「下りること」と「回転すること」について考えればいい。そういうことなんです。でも「下りること」と「回転すること」は、この場合、たがいに直角ですよ。だからそれぞれの向きを考えたら、両者はおよそ無関係じゃないですか。無関係なことをふたつ、しかし「同時に」、考えなきゃいけないんですよ。

私もよくいわれました。「お前は突然話が飛ぶ」って。

そりゃ、「話が飛ぶ」ように聞こえるでしょうよ。素過程というのは、それぞれが「他と独立」だから、「素」過程なんですからね。それを一緒にすると、「竹刀が斜めに振り下ろされる」結果になるんです。でも議論の上だと、落下と回転は無関係じゃないか、ってことになります。

だから落下の話をして、つぎに回転の話をして、結果として「竹刀が斜めに振り下ろされる」ところは「あたりまえじゃないか」って、いわば省略するから、「話が飛ぶ」ように聞こえるんでしょうね。

脳の訓練の半分は、体を動かす訓練

体を使う、つまり筋肉を動かすというのは、脳からの出力です。感覚は入力ですから、脳の仕事の半分は、体を動かすことだといっていいんです。それなら脳の訓練とは、半分は体を動かす訓練じゃないですか。じゃあ、学校で体育に半分の重みを与えてますか。

国語の朗読だって、体の訓練ですよ。声を出さなきゃ、朗読にはなりません。声を出すには、筋肉を使わなけりゃなりません。それを上手にやろうと思うなら、それこそ発声に関する動きを、素過程から訓練する必要があります。だから『声に出して読みたい日本語』（草思社）なんでしょ。著者の齋藤孝《さいとうたかし》さんは、もともと武道家ですよ、国語の先生じゃない。国語の半分は体育なんです。

英語の「話し方」をきちんと教えるために、まず発声から教える。自分はそういう教え方をするって書いた本がありました。以前読んだことがあります。感心しました。でもそういう教育法は、一般的にはならない。その後、あまり聞かないからです。そういうふうに教える能力のある先生がいないんでしょうね。甲野さんの身体技法が、体操の基本にならないのと、似たことだと思います。

ここで「考える」ことの解説をしても、学生はなかなか考えるようにはならない。それも同じでしょうね。なにかを「身につける」には、辛抱がいるんですから。なんでもボタンひとつでできる、そういう商品をもっぱら開発している現代人に、辛抱なんて説いても、そりゃムダというものです。

言葉を話す場合、なにが素過程か。それを心得ている人が、その道のプロなんです。プロのアナウンサーって、つまりそれを心得た人でしょ。それなら、訓練すれば、だれでもアナウンサーになれるか。そこはむずかしいところでしょうね。だれでも高橋尚《たかはしなお》子《こ》になれるか、イチローになれるか。それに近いですからね。少なくとも古舘《ふるたち》伊《い》知郎《ちろう》さんには、なれないでしょうね。だってあの人は、脳の作りがふつうといささか違いますもの。

体には個性があります。そんなこと、臓器移植をしてみれば、イヤというほど、わかりますよね。だから、だれかにできて、私にはできないってことはある。というより「あるはず」です。でも具体的に自分になにができて、なにができないか、そんなこと、あらかじめはわかりません。古舘さんは「俺の脳は特別な脳だから、アナウンサーになろう」と思ったわけじゃありません。なんでこんなにおしゃべりが上手なんだというので、調べてみたら、脳がいくらか変わってたんです。でもそういう脳でなけりゃ、アナウンサーになれないかといったら、そんなはずはない。

運動というのは「やってみなけりゃ、わからない」んです。運動系の本質はじつはそこにあります。それはでも面倒な話だから、興味のある人は『唯脳論《ゆいのうろん》』でも読んでください。

「これを楽しむものにしかず」に至る三段階

努力の話に戻ります。私は本をよく読みました。それが努力なのかといったら、そうともいえません。

私は鎌倉《かまくら》から東京に通ってました。片道一時間半ですよ。横須賀《よこすか》線だけでちょうど一時間。それ以外に地下鉄とか、歩くとか、ありますからね。そのあいだ、するこことがない。だから本を読んだわけです。寝てたっていいんだけど、前の晩に十分寝てたら、もう眠れませんわ。仕方がないから、本を読む。そういう生活を、学生時代から四十年、やったわけです。あるとき計算してみました。休みの日は除いて、何日、鎌倉から東京に通ったか。そのあいだに本を読んだとして、何時間読んだか。一日を二十四時間として、なんと丸三年間、ひたすら本を読んだ計算になりました。

これって、習慣でしょ。「習慣は帝王である。それによってなし得ないことは、なにもない」。そういったのは、モンテーニュです。『エセー』ですね。習慣になるまで続けりゃ、一生のあいだには、かなりのことができるんですよ。習慣になるまでが、ひょっとすると努力・辛抱・根性なのかもしれないですね。いったん習慣になってしまえば、努力・辛抱・根性なんて、関係ない。それこそ「あたりまえ」になっちゃいます。

「あたしゃ、本読むの、嫌いなんだけど」。それはそれでいいんです。本質的にイヤだと思うこと、そんなことしたって、それこそ努力の甲斐《かい》がないんです。『論語』だったと思いますけど、「これを楽しむものにしかず」という。これ、意味が結構むずかしいんですよ。

なにかをするとき、嫌いだけど、努力する。それが第一段階です。人生にそういうことはいくらでもありますよ。そのうち、それが「好きになる」。でも個人とか個性とかいう、いまの世の中なら、「辛抱しているうちに好きになる」なんてとんでもない、と考えるでしょうね。「はじめから自分の個性に合ったことをすべきだ」って。

そうじゃありません。人間は変わりますからね。いま嫌いな人を、あとで好きになったって、べつに不思議じゃありません。いまの人は「本当の自分」があると思ってるから、自分の好みが変わっても、「あの人を嫌ってた自分は、本当の自分じゃなかったんだ」と解釈するんじゃないんですか。でも、どうかわかりませんよ。自分か相手か、どちらかが、ほとんど別人になったのかもしれないんだから。

好きになれば、それこそなにかを好んで一生懸命にやるわけです。それは第二段階。私の虫取りですわ。当人はなにかを必死でやってる。周りがそれを見て、「あいつも好きだねえ」って、よくいってるじゃないですか。

最後が「これを楽しむものにしかず」です。好むだけじゃない。それをやっている過程を楽しんでる。そこには、ある距離があります。余裕といってもいい。そこまでいけば、本当だということです。人生、楽しんでますか。

「考えること」を妨害するもの

なにかを「考える」。これはどうでしょうね。考えることを、楽しめますか。そこまでいけば、なにも努力しなくても、本人は「喜んで考える」わけです。「考えときます」なんて、ときどき学生がいってますが、どうなんですかね。あれは「とりあえず考えないことにしときます」ってことじゃないんですかね。

思えば、考えることを妨害するものって、いろいろありますね。「そういうものだと思って」、「丸める」ことだけじゃない。そういうことは「考えないほうがいい」、「考えちゃいけない」、これもよくありますよ。「そんなこと考えるなんて、とんでもない」。考えることの禁止、よくいえば、これも人生の知恵でしょうね。

でも、たいていのことは「考えていい」んですよ。実際に起こったらとんでもないことを、人間は年中考えます。それでなきゃ、推理小説なんて成り立たない。話の中身は人殺しばかりですからね。それこそ原爆なんて、考えるだけでよかったんですよ。作ったからいけない。「論理的に予測できるものに、興味はない」って書いたでしょうが。あんなもの、作れることがわかったら、興味がなくなるんですよ、私は。

みんなが私のように思うなら、広島・長崎で終わり、あんなもの、もうなくなってるでしょ。「考えていい」といっても、でもやっぱり「考えちゃいけない」と思う。なぜなら、考えたことを人間は「実行する」かもしれないからです。悪事について、「そんなこと、考えたこともない」。よくそういう人がありますよね。フロイドって人は、意地の悪いことを考えました。「考えたこともない」というのは、意識がそういってるんです。でも無意識というのがあります。フロイドはそれを指摘したわけです。「これも世のため、人のため」。そんなことを本人はまじめに思ってるけど、無意識はじつは「自分のため」と思ってる。「情けは人のためならず」。近頃の若者がこれを誤解してるって、有名になりました。同情なんかしても、されてる本人のためにはならない。へたに同情なんかするな、って。

こういう身もふたもない時代なら、そう思うだろうと思いますよ。フロイドの時代は十九世紀、社会の道徳は英国のヴィクトリア朝式ですからね。性は公的には抑圧されている。だからフロイドは患者さんたちのなかに、抑圧された性を発見したわけです。

いまはそんなもの、あんまりない。十九世紀の無意識は、いまではむしろ表面、意識そのものになったんじゃないか。そんな時代ですからね。

「考えないほうがいい」ことなんかない

考えることに、タブーはありません。それを思想の自由というんです。憲法に思想の自由と書いてあるということは、政府は思想の自由を尊重しなきゃいけないってことです。まして個人が遠慮することなんか、ない。でもこの国は、「そんなことは考えないほうがいい」という国です。「考えた」だけで叱《しか》られる。だから思い切った思考実験ができないんです。

「そういうことは考えないほうがいい」。日本の世間では、これが自主規制になっています。だから考えることが上手じゃなくなる。考えるのは元手がいらないんだから、考えていいんですよ。

口に出さなくても、考えていればいい。でもいわない癖がついちゃうと、いわないんだから、考えがないんだろうって、国際会議での日本人みたいに判断されちゃいます。ここはむずかしいところですよ。

靖国問題だって、きちんと論理的に説明しないから、いつまでも誤解が切れない。靖国に初詣《はつもうで》に行くのが軍国主義と関係するなら、鎌倉の鶴岡八幡宮《つるがおかはちまんぐう》に数百万人が行くのも、軍国主義の表れということになりませんか。だってあれは、源氏が作った神社で、戦の神様なんだから。弓矢八幡大菩薩《ゆみやはちまんだいぼさつ》っていうじゃないですか。那須与一《なすのよいち》ですよ。「そんな人、知らない」って。そうでしょうね。

第10章

若いころ

私にも若いときがありました。よく青春なんていいますけど、じつはあまり思い出したくないんです。ろくな思い出はありませんからね、個人的には。

なぜだろう。たぶん辛抱してたからじゃないか。そんなふうに思います。辛抱した相手はなにか。結論を先にいえば、「世間」でしょうね。

辛抱なんかしてなかった状況をいうなら、虫取りです。本当に好きでしたから。小学校の四年生からで、いまでも好きです。学校が休みになったら、もう即、虫取りに出かけちゃう。そのままで一生を過ごしたって、よかったわけです。でも「辛抱して」、勉強したり酒飲んだりしてた。世間にお付き合いしたわけです。そうやって、世間を学ぶ。

人生一直線なら、そのまま虫取りが一生ですよ。でも、そうはしなかった。

私の履歴は、本人的には十重《とえ》二十重《はたえ》

私の履歴を書いたら、ごく簡単です。一直線に見えますよ。医学部を出て、解剖学教室に入って、大学院、助手、助教授、教授、辞めて名誉教授、以上終わり。でもそりゃ見た目です。本人はどう思っているかというなら、十重二十重です。実態はそれなりに屈折してます。

若いときには、人生を決める機会が何度か来ます。自分の人生でも、そう思います。思い起こせば、いくつかあった。つまり何度も曲がったわけです。別に悪くなったというわけじゃない。まっすぐじゃないから、曲がったと表現しただけです。

虫取りだけで生きる、それも可能でした。「そんなことしてたら、食えない」。当時は大人にそういわれましたよ。大人は例外なくそういうんですから、それこそ「そういうものか」と思ってました。

当時ハワイの博物館にいた研究者と、虫のことで文通をしていました。標本を送ったり送られたりした。私が教養学部の学生だったときです。「食えないとみんなにいわれるから、虫の専門家にはならずに、医学部に行こうかと思って悩んでる」。たまたま手紙にそう書きました。そうしたら返事がすぐに来た。博物館に下働きの職を用意してやる、すぐにハワイに来いっていうんです。アメリカがいい時代だったんですよ。ヴェトナム戦争の前でしたからね。

気持ちが動きましたよ。だけど家のことを思えば、簡単にはいかない。母子家庭でしたからね。母親を置いていくことになります。母は六十に近かったんです。そもそも東京の大学に行ったのも、家に近かったからです。昆虫学教室というのは、国立大学では北大と九大にしかないんですから。東大にあったのは害虫学教室で、そんなところに行きたくはありませんわ。「なにが害虫だ、勝手に決めやがって」。こっちはそう思ってますからね。

あのときアメリカに行ってたら、人生どうなってたんだろ。たまにそう思います。でも行かないで、医学部に進学しました。外から見ればまっすぐですが、本人にしてみれば、「あそこで曲がったな」と思います。ハワイの博物館に行っていれば、外から見れば「曲がった」んでしょうが、本人からすれば「まっすぐ」です。以下同様で、だから十重二十重なんですよ。

「百人殺さなきゃ、立派な医者にはなれん」の圧迫

医学部を卒業して、なにを専攻しようかと考えました。当時はインターン制度

がありましたから、東大病院で一年間、医者の真似事《まねごと》をしました。実習として、各診療科を回るわけです。そのあいだに、内科に行こうとか、外科だとか、決めればいいわけです。よく書くんですけど、まじめにインターンをやって、しみじみ懲《こ》りましたね。「俺なんかが医者になったら、何人患者を殺すか、わかったものじゃない」。本気でそう思いましたよ。

病院で何度か事故に出会ったからです。いまでは医療事故は社会的に認知されてます。いわば「あたりまえ」になった。当時はそうじゃありません。そもそも事故か、そうでないか、はっきりしないことが多いんです。病院で死ぬことが「ふつうだった」ともいえます。戦争の記憶も残ってましたからね。戦争中であれば、日常の暮らしに爆弾が飛び込んできたんですから。原爆を考えたら、よくわかるでしょ。死んでも、あたりまえということになります。

自分の受け持った患者さんが、自分のミスで死ぬ。それを心のうちで、どこまで抱えていけるんだろう。インターンのときの私は、そう思ったんです。いまなら「医療事故だ」って、周囲が追及するでしょ。それなら、そうじゃないとか、そうですとか、いずれにせよ、決められますよね。そこがはっきりしない時代でした。

医療事故を追及する気持ちもわかりますが、医者の気持ちもわかるんですよ、私は。人間は間違えるものです。いまの人が医療事故を追及するのを見ていると、「じゃあ、お前が代わりに医者をやれ」といいたくなることがあります。神様じゃないんだから、間違えますよ。表ざたにならなくても、それは医者本人の心の負担になります。その負担に「どこまで耐えられるか」、それが若い私の疑問でした。

「長年のあいだには、慣れちゃうよ」。それはそれで、気に入りません。だって、「慣れたくない」んですよ、私も若かったから。「そんなことに慣れちゃっていいのか」。そう思うわけです。

でも、それだけじゃないと思います。私にも変なところがあった。だって同級生の九割は医者になったんですから。医者になった九割は、そんなこと考えなかった。じつは知りませんけど、考えなかったんでしょうね、ともかく医者になったんですから。

じゃあ、私のどこが変か。妙なところに敏感なわけです。私の母も開業医でしたけど、「百人殺さなきゃ、立派な医者にはなれん」と豪語してました。百人どころか、インターンのあいだに三回、事故か、ニアミスに出会いました。それだけで、もう懲り懲りですよ。その三回をいまでもありありと思い出します。百回やったら、こっちが死んでますわ。一回ごとに寿命が縮みますもの。

まったく違う自分になっていたかもしれない

戦争や紛争のときと同じでしょ。私はしつこいんですよ。いつまでもグズグズ考えてる。「医者やってりゃ、そりゃ事故ぐらいあるさ」。そういうふうに「丸められない」性質なんです。だから結局は学問、基礎医学になったんです。

それでも脳に興味がありましたから、精神科に進もうかと思いました。そうしたら、大学院の希望者が多くて、クジを引くことになった。私はクジ運が悪いんです。もちろんクジに外れた。べつに大学院でなくても、精神科には入れるんですよ。でもそこで考えました。「やっぱり俺は臨床医には向かないんだ」、「向かないことは、やめよう」って。

これも十重二十重のひとつですよ。クジに外れなかったら、精神科の医者になって、挙句《あげく》のはてに、患者になってたかもしれません。そんなこと、わかりませんわ。なにしろ患者をしつこく理解しようって性格ですもの。患者さんが完全に理解できたら、患者が二人になってます。

解剖の大学院に入ったときに、直接の先生、中井準之助《なかいじゅんのすけ》先生の、そのまた先生に呼ばれたことがあります。小川鼎三《おがわていぞう》名誉教授です。「動物園に行かないか」っていうんです。園長が医者を探してるという。動物園なら獣医さんがふつうですが、人間の医者がいいっていうんです。私が人間も動物もさして区別してないってことが、わかってたんでしょうね。これはさすがにお断わりしました。でも自分としては、動物園勤めになっても、不思議な人生じゃないと思ってました。いまでも動物は好きですからね。

ハワイも動物園も、「外から降ってきた」話です。若いときには、どうしてもそうなりますよ。「自分がまだない」んですから。「自分探し」なんて、意味がない。よく私がそう書くのは、こうしたことが下地になってます。仮にアメリカに行っても、動物園に行っても、いまとはまったく違う自分になっていたでしょうね。

それでも「私は私、同じ私」じゃないか。本当にそうでしょうかね。だって比べようがないんですから、同じ私という考えには、意味がないでしょ。とりあえず私は一人っきゃいないんです。それが右の道に行った。左に行ったとすれば、それは別な人じゃないんですか。右に行ったのが私なんだから。

いまの若者なら、こういう機会があることを、うらやましいと思うかもしれませんね。思えば当時はまだ、戦後のドサクサが残っていて、全体に社会の規制がゆるかったんだと思います。

解剖に入ってからも、講座そのものをアメリカから「買いに」来ましたもの。私の先生、中井準之助先生が偉い人だって書きましたけど、アメリカで、ニューヨークのある大学に医学部が新設されることになった。そこでスカウトが来た。中井先生がそこの教授の有力候補になったわけです。そのとき私は助手だったと思いますが、東大のスタッフもそのまま連れてきていいという話だった。それだけのお金を向こうの大学が用意するってことです。あのとき先生が動いてたら、どうなったでしょうね。これもまた別な人生です。

日本というヘソの緒が切れない

先生はちょっと悩んでました。そりゃそうです。いい話でもあるけど、いろいろ責任を感じるでしょうからね。こっちは、どうなってもいいと思ってました。会社が突然、外資系になるようなものですよ。うまくいけばいいが、下手にいったら大変なことになりそうだ。そのていどしかわかりません。それじゃあ「わかった」ことにはなりませんよね。

日米関係が近年問題になります。でもこのころからそれは、具体的でもあり、実質的でもある問題だったわけです。

私はハワイの博物館に行かず、中井先生はニューヨークの大学に行かなかった。大げさなようですが、そこに日米関係のある面が見えるように思います。日本のせいでも、アメリカのせいでもない。よく草の根なんていいますが、日本の文化とアメリカの文化は、それこそ草の根で違います。それを融合させようと思うなら、よほど覚悟がいるでしょうね。しかもその必要があるのかどうか、それすらわからない。私や中井先生が当時すんなり動けたとしたら、日本はアメリカにいまや同化しているでしょうね。

いま日米関係が問題だと思う人もあるでしょう。私がそう思わないのは、こうした自分の経験を思うからです。そうした「問題」は、べつに「いまだから」というわけではありません。そのときどきに、そのときの「問題」があるんです。私や中井先生、そうした個人の結論の積み重ねが、いまの日米関係だともいえる。首相と大統領が握手する。それが日米関係だというわけじゃない。外務省が考えることだけが日米関係でもない。まして戦争だけでもない。そうしたすべてを含んだもの、それが私の思う日米関係です。

よく中国の考えを「中華思想」として批判することがあります。中華思想のくせに、中国人は世界中ほとんどどこにでも住める。日本人はそうはいきませんね。中国人の生活に見られる、あの種の普遍性が、日本人の生活にはないんです。韓国、台湾や満州にあれだけ投資して、それでも個人の財産も置いたまま、日本に帰ってしまう。

いつまで経《た》っても日本というヘソの緒が切れない。それを切れば、今度は「日本人じゃなくなる」と、自分も周囲も思ってる。

若いときのことを、こう考えてくると、現在の自分の生き方は、じつはさまざまな選択の結果であることが見えてきます。だから十重二十重なんですよ。私の選択の陰にあったのは親、つまり家族です。その親は日本の世間と結びついています。中井先生の選択の陰にあったのも、もっと広いけれども、似たようなことでしょうね。つまりは日本の世間です。

「人間」じゃなく「人」になろうと努力してきた

そういう世間で育って、「個人」、「個性」なんていわれると、「ウソつけ」と私は思っちゃうわけです。中国なら人を表すのに「人」という漢字ひとつで十分です。日本に入ると、それが「人間」になっちゃうんですからね。「人と人の間」、「人間」という表現は中国語では世間のことです。「間」は人じゃない。それは「世界の常識」でしょうが。なのに、人をあえて「人 - 間」にしちゃう。それが日本の世間です。ヒトと世間とが同じ言葉になっているって、「ものすごいこと」だと思いませんか。

大した人生じゃありませんが、私の生きてきた経過を思うと、「人間」じゃなくて、なんとか「人」になれないかと努力してきた。そう思えなくもないんです。日本で育ち、教育を受けるということは、最初から世間の人になったということです。あたりまえですが、日本ではまず「人間として」生まれるわけです。「人として」じゃないんですよ。

このことはじつに書きにくい。でも書きます。「生まれたとき」に先天異常があれば、日本ではしばしば排除されます。重症サリドマイド児の死亡率は、欧米に比較して、日本は高いんです。なぜなら、暗黙のうちにわれわれは「世間に入る基準」を決めているからです。「そこまで障害があったんじゃあ、世間には入れない」。そういうことでしょ。

これは障害にかぎりません。黒人が町を歩いていると「まさか日本人だとは思わない」んです。白人だったら、即座にガイジンだという。これを人種差別だと、カナダやオーストラリアの人がいうことがあります。そういってもいいかもしれませんが、私は違うと思うんです。だって、日本人でも「差別する」んですから。その基本は「世間」です。

世間という閉鎖的なクラブは、メンバーの資格を「暗黙に」決めてるんです。見た目がふつうの日本人に見えなきゃいけない。

だから見た目が違うと、ガイジンなんでしょ。中国人や韓国人に対しては、むしろそういわない。中国人だとか、韓国人だとか、きちんと表現します。さもなければ「外国人」という。だって、中国系、朝鮮系なら、日本人と見た目の区別がありませんからね。その意味では、ヴェトナム人もタイ人も似たようなものでしょうね。ガイジンじゃありません。そこは微妙でしょ。でも日本人ならその微妙さが「わかってる」はずです。ただしそれを意識化しようとは思っていない。だから、そこに触れないようにしています。

見た目が違うことを、差別の根拠にする。それが大人に及んだものが、ライ差別です。だってあの病気は、大人になって顔かたちが変わるんですから。この差別は非常に古いんです。これも見た目の問題でしょ。「見た目」なんて、そんなもの本質的じゃない。ふつうはそう考えます。でも日本の文化は、しばしば「見た目が本質」なんですよ。よくいえば、それが美的な感覚になる。料理がそうです。日本料理は見る料理だって、よくいわれるでしょ。食べものが、なんで「見るもの」なんですか。

日本人は「生きて」いない

日本文化論をやれば、際限がありません。いいたかったことは、個人のレベルでも、外国との関係はそう簡単ではないということです。私だってアメリカ人になれたかもしれないし、なったかもしれない。でもそれを妨げる事情も、さまざまにあった。それを総体として見るのは、なかなかむずかしいんです。判断がいまだにできない。

国際化とかインターナショナルということを、私は信じてません。「インター」って、古い世代にとっては、国際共産主義運動の歌じゃないですか。それがいつの間にか、アメリカ化になったりする。

「金融の国際化」なんて、それこそ冗談に聞こえますよ。資本主義の権化《ごんげ》と共産主義とが、同じ言葉を使ってるんですからね。財務省と銀行の人たちで、『インタナショナル』でも合唱してみたらどうですかね。(＊編集部注 以下、日本プロレタリア音楽家同盟編『プロレタリア歌曲集』による)「立て餓《う》えたる者よ 今ぞ日は近し! 覚めよ我が同胞 暁は来ぬ」「ああ インターナショナル 我等がもの」って。グローバリゼイションなんて近頃いい換えてるのは、そう思う人がいるかもしれないと思うからじゃないんですか。

そういうなかで考えたことが、「人間」になるか、「人」になるか、です。日本にいるかぎり人間であって、人ではない。これは説明しづらいですよ。虫取りのことがじつは典型です。本当に好きなら、一生虫取りでいいわけです。身過《みす》ぎ世《よ》過《す》ぎで、ほかのこともいろいろするでしょうけど、ともかく自分は虫取り。そうして「生きる」。

あるとき、中国人の留学生が、東京から京都までドライブした。途中でヒッチハイクをしているドイツ人の学生を乗せました。この中国人留学生が書いた随筆があります。その文章を読みました。京都に到着して、車を降りるときに、ドイツ人学生がいいます。「日本人は生きられませんからね」。中国人である著者は、それに賛成する。これが中国人とドイツ人の結論です。

スリランカのお坊さんに先日会った。前にそう書きました。どういう文脈か忘れましたけど、このお坊さんが同じことをいいましたよ。「日本人は生きてませんから」って。これが「国際世論」のようですよ。いったいなんのことか、それを理解していないのは、日本人だけのようですね。

どういうことかって、説明しろっていわれる。だから「話せばわかるなんて、大ウソ」なんですよ。もちろん「説明する」ことはできます。そうすれば、知っている人は「ああ、あれね」と即座にわかります。でも、その気持ちを知らない人には、説明してもムダです。食べたことのないものの味や匂《にお》いの説明って、意味ないでしょうが。だからテレビの料理番組は、あらゆる種類の「うまい」という表現に終わってます。

世間で生きてる人に、「生きている」ことの国際的意味を説明しても、おそらくダメなんです。だって世間で生きるってことが、その代用なんですから。いうなれば、「個人が生きる」ことが、「世間で生きる」ことに置き換えられてるんですよ、日本では。それに対して、外国人が「日本人は生きてない」、「日本には普遍性がない」っていうんです。外国は日本の世間じゃありませんからね。

世間とは浮世《うきよ》の義理

「じゃあ、日本人の生き方は間違ってるのか」。そんなこと、私は思ってませんよ。そう思っていれば、ハワイでもニューヨークでも、ブータンでも、どこでも行っているでしょうよ。それよりなにより、虫を取って生きているでしょうね。そうしなかったってことは、世間で生きることを選んだってことです。

それでよかったたか。こればかりは、わかりませんね。死んだら、考えます。なにしろ十重二十重なんですから。世間で生きるのが、私には負担だった。そのことは、さすがにわかりますよ。個人で生きてりゃ、もっと楽じゃなかったか。そうは思いますが、いまさらムダですものね、そんなこと考えたって。日本に生まれて、「なんとなく世間に割り込んじゃった」というのが、正直なところですよ。

あるとき、日本人とドイツ人が大喧嘩《おおげんか》をしました。私は両方ともよく知っていたので、仲裁に苦労しましたね。ドイツ人が長々と書いて訴えてくるから、返事を英語で書きました。それを向こうの大学の教授に見せたんですね、相手は。そうしたら「こいつはヨーロッパ人よりヨーロッパ人的な考え方をする」と批評された。そう相手がいってきました。どこがどうなんだか、こちらはわかりませんわ。自分の気持ちを正直に書いただけです。そうしたら、ドイツ人以上にドイツ人らしくなっちゃった。そういうことでしょ。それなら要するに「ただの人」じゃないですか。

そういうふうに、個人というのは「通じる」ものです。個人のあいだで「通じない」のは、恋愛でしょ。だから「失恋」っていうんですよ。そりゃ当然で、あれは生物学的現象ですからね。別な見方をすれば、病気です。それを「心」の問題だと思ってるから、おかしくなる。誤解されるかもしれませんが、男女が通じないのは当然です。男と女は違うんですからね。男と女でも、当面の問題が「人間どうし」なら、通じるほうが当然です。

いまでも思いますよ。そろそろ個人で生きたいな、って。だんだんそうしてます。そうすると、浮世の義理が面倒になります。それが世間ですからね。

若者の問題といわれるものは、じつは世間の問題なんです。正直に考えれば、そのことは、だれでもわかるはずですよ。若い人は、いまの世の中に、べつに責任はないんですからね。私自身が、育ってくる過程で、そう思ってましたもの。

それをいっちゃあ、お終《し》めえよ？

戦争を考えてみてください。私がはじめたわけじゃない。そこに至る事情だって、私個人は無関係ですよ。あたりまえじゃないですか、七歳で終戦なんだから。紛争だって、そうです。もちろんインターン制度反対というのは、わかりますよ。でも私はインターンがあったおかげで、医者にならないで済んだんですから、インターン制度に感謝してますよ。私が医者になりそびれたために、「死なないで済んだ」患者さんも、そうと知れば、インターン制度に感謝してくれるでしょうね。でもそれがだれなのか、わかりませんわ。

私が単なるヘソ曲がりなんだ。そう思う人もいると思います。私自身も、ときどきそう思ってますもの。ですが、社会制度は若者の責任ではない。それは当然です。それを正せという若者の要求に、紛争当時まともに答えられなかった東大医学部の教授会は、それだけの責任がありました。本気でやってなかったわけです。いまの社会で若者の行動がどうこうといわれると、同じように思いますよ、私は。

それは若者を甘やかすのとは違います。だからイヤというほど説明しました。宇宙人なんていわれた若者だって、無意識に文化の影響を受けてます。だから完全戦後世代のくせに、非国民かつ竹槍《たけやり》だったんです。それを若者にいっても、理解できないでしょう。だから、それこそが戦後、大人がまず理解しておかねばならなかったことなんですよ。大人がきちんと「わかって」いれば、きちんと対応できたはずです。だから私は理解しようと思い続けてきたんです。もはや「日暮れて道遠し」ですけどね。

社会科学といわれる学問は、「世間学」といい換えるべきでしょうね。言葉を変えたって、実情が変わるとはかぎりませんが、ここまで来れば、世間を本気で解析するほうがいいと思いますよ。いままでは、それに「触れない」のが、利口な生き方だったんです。世間の原理原則を、私は「非成文憲法」と定義しました。『養老孟司の人間科学講義』にそう書きました。

日本人とはだれか。これだって、すでに触れたように、きわめて明瞭《めいりょう》な原理原則がありますよ。これまでは「それに触れない」ことにしてきたんです。それが日本の学問をある意味で殺してます。

学問とは「思想の自由」で、その学問を殺すのがタブーですからね。寅《とら》さんの「それをいっちゃあ、お終めえよ」です。いうこと、つまり「意識化すること」を、世間はある部分で禁止します。世間には、それを「いわないこと」で成り立つことがあるからです。それを「あえていう」のが、学問の役目のひとつです。ですからガリレオは「それでも地球は回っている」と「つぶやいた」んです。大声なら、また宗教裁判ですもの。

「生きる」ことがわからないはずがない

日本の世間だけが存在するのであれば、それでいいでしょうね。でも「国際化」するつもりなら、そうはいきません。金融の自由化なんて、本質的にはおそらくさしたる意味はないですよ。だれがお金を持つかの違いにすぎない。生きることは、お金を手に入れることではありません。私のいう国際化とは、日本人が人として生きること、さらにいうなら、生きることの模範になることです。そんなことできるかって、やってみなけりゃ、わかりませんよ。そもそも国際的に「生きてない」っていわれてるんですからね。生きてみるには、じつはこれは、いちばん「いい」条件じゃないですか。人間は生きもので、だれだって生きてるんです。あらためてそれをやれっていうのは、なんともまともで単純なことでしょうが。それには世間の枠をあるていど外す必要があります。それがなんだかわからない。それが現代日本の問題なんでしょ。

でも、わからないはずがない。ただ「生きる」ってことなんですから。大人がそれを理解すれば、若者は自然に変わります。もともといちばん「生きている」はずなのが、若者なんですからね。若者は本来、ひとりでに「生きちゃう」ものです。いまの世間は、それがないから、若者が変、元気がないんでしょ。

むずかしいでしょ、生きるって。こんな簡単なことは、ほかにないからです。動物ははじめから「生きて」ます。それを籠《かご》に入れて、まったく動けないようにして、餌《えさ》と水が目の前を流れるようにしてやる。それがブロイラーです。だれかの生活がそれに近づいたとき、見ている人から「生きてない」って表現が出るんでしょうね。餌も水も十分、病気にもならず、長生き。でもなんか変。「生きてない」ように見える。

どうしたら「生きられるか」、そんなこと、私に訊《き》かないでください。わかるでしょ。その疑問に「自分で」答えること自体が、「生きる」ってことなんだから。

第11章

現代を生きる

だれであれ、ある年齢になれば、自分の人生を振り返ることはあると思います。その内容は、その人だけのものでしょう。そこに「客観性」を求めても、本人にとっては意味がないからです。その意味では、一生は本人の書く物語です。私自身の人生をその意味で「主観的」にいうなら、ほとんど一言になってしまいます。「所を得なかった」。

「所を得る」という言葉を、いつ知ったか、覚えてません。でもなんとなく自分が「所を得てない」ことは感じてました。世の中に、自分が「そこにいて当然だ」と思える居場所がなかったということです。家庭は別ですよ。でも若いときは、自分の家についても、そう感じてました。もちろんいまは、家に帰るとホッとします。

「所を得ない」人生

私はそれほど偉くありませんが、歴史上の人物でいうなら、「所を得ない」という意味では、芭蕉《ばしょう》や西行《さいぎょう》がそうだったんじゃないかと思います。なぜ日本中をウロウロ歩かなきゃならなかったかといえば、要するに「いるべきところ」がなかったからでしょう。西行なんて、家庭がなかったわけじゃない。それでも「娘を縁側《えんがわ》から蹴落《けお》として」出家する。それならどこかのお寺でおとなしくお経でも詠《よ》んでいるかというなら、放浪なんかしてる。山頭火《さんとうか》なんて、なんなんですかね。

その根本にあるのは、なにかの感情、思いですよね。その逆を帰属感といってもいいかもしれません。帰属感を与えるのが、じつは共同体です。会社に勤めて、定年までいる。それができるのは、会社に自分がいて「当然」と、どこかで思っているからじゃないでしょうか。芭蕉や西行には、その種の帰属感がないんだと思います。

現代の若者なら、たとえ会社に勤めていても、そんな帰属感なんてない、というかもしれません。それはそれでいいわけです。私もそうでしたから、帰属感がなきゃならないということにはならない。でもそれがないと、落ち着かないんです。

若いときの私は貧乏ゆすりが癖でした。これはそうした帰属感と関係しているのかもしれませんね。なんだか落ち着かない。それを「表現する」のに、貧乏ゆすりがいちばんぴったりする。実際には座っているのに、足を動かして「歩いている」わけです。

むろん自分がそこにいても、追い出されるわけじゃない。ひょっとすると、歓迎すらされているかもしれない。でもそこは「自分が本来いるべきところではない」。そういう感じが心のどこかに潜んでいます。

この感覚は、幼稚園のころからありました。自分も園児で、その幼稚園に通っているんです。それなら自分がそこに「帰属して」いい。ところが素直にそう思ってないんです。病気がちで、休んでばかりいた。それが大きいと思います。だから数日休むと、もう行きたくない。友だちと離れてしまった気がする。そもそも行くのが恥ずかしいんです。逆にいえば、「園児なんだから、行って当然」、その気持ちがないんです。これって、いまでいう登校拒否じゃないんでしょうかね。

その気持ち、あるいは「気持ちのなさ」がどこから生じたか、わかりません。幼児として育ってくる過程で、なにかあったんでしょうね。具体的な事件があったというより、日々の生活のなかで、親を含めた周囲の環境と、自分の性格との関係から、そうした落ち着きの悪さが生まれたというしかありません。大げさにいうと「私なんかが生きてここにいて、そのためみなさまにご迷惑をおかけして、まことに相済みません」という感覚なんですよ。いまだにそういう気分が残ってます。「なにいってんだ、でかい面《つら》しやがって」。そういわれそうな気もしますが、それは「単なる客観」です。私の気持ちは覗《のぞ》けないでしょうが。

人一倍世間を気にする「変わり者」

学生のときに、「積極的に行動しない」、「自分からなにかをしない」、よくそう批評されました。「石橋を叩《たた》いても渡らない」。そういわれたこともあります。それは、どういう状況でも、右のような気持ちがあるからです。なぜ私がそこに混ざっているのか、それが芯《しん》からつかめていない。私がそこにいる、「それで当然」と思えない。

だから学生運動にのめり込むなんてことはない。仲間と一緒なら、かなりのことでも実行する。そんな気がないんです。なにしろ「私がご一緒していて、申し訳ありません」なんだから。一種の遠慮みたいなものです。むろん体育会系にはなれません。

だから素直に行動している人を見ると、なんとなくうらやましいと思いました。妙な表現ですが、そういう人たちは、後ろ髪をひかれることなく、みんなに混ざっているように見えます。そこには変な反省、遠慮がない。自分が「そこにいて当然」と思っている。その背後には、もちろん周囲の人々、世間、社会が「自分を受け入れて当然」という思いがあるはずです。私が団塊の世代といちばん違うと思うのは、そこです。大勢集まって、みんなで竹槍《たけやり》を持つくらいなら、一人で隅にしゃがんでます。

じつは私はなんの専門家にもなりませんでした。専門家はその道でいわば「落ち着き」ます。それができませんでした。その理由は、おそらく同じです。そもそもが「落ち着かない」んですから。

私が医学を学んだのに医者にならず、科学を仕事にしたのに科学者にならなかったについては、これが大きいんです。これを短くいえば、「変わり者」、「一匹狼《おおかみ》」です。それなら世間なんか相手にしない。そう思うかといえば、思いません。人一倍、世間を気にしているんだと思います。それでなければ、本なんか、書きません。本当のことは俺が知っている。世間はそれを知らないバカばかり。そう思って、本なんか書かずに、黙ってりゃいいんですからね。

三つ子の魂百まで

私は小学校に入る前に、左利《き》きを矯正《きょうせい》されました。母親、看護婦さん、お手伝いさん、よってたかって、箸《はし》は右手、鉛筆は右手、完全に矯正されてしまいました。それでかなりヘソ曲がりになったのかとも思います。世間というのは、そこまで私を矯正するものだ。それが怖かったのかもしれません。だって、子どもにしてみれば、自分で当然と思っていることを、どこまで矯正されるか、わからないじゃないですか。注射をされて痛い思いをした子どもが、白衣の人を怖がるようなものですよ。いくら本人のためだといわれても、それがまだ理解できないんですから。

二歳のときに、ヘルニアが戻らなくなって、無麻酔で手術したそうです。それ以降、白衣の人を見ると、母親にしがみつくようになった。母がそういってました。

そうした幼児体験が、どこまで影響したのか、わかりません。そんなことなら、とうに抜けてもいいはずです。性格がしつこいので、それが抜けなかったのかもしれません。そうだとしたら、まさに「三つ子の魂百まで」、困ったものです。

こうした個人的な事情だけでないとすれば、そういう奇妙な気持ちがどこから生じたのか。幼稚園に代表される、すべての外の世界、日本ではそれは要するに「世間」です。それなら私の人生の主題は、じつは世間と自分との折り合いじゃなかったかと思います。それが人生の主題であるなら、私が医者にならない、科学者にならないのは当然です。どちらも相手は世間じゃありません。医者なら相手は患者さんで、科学者なら自然です。

その世間を代表するのが家族です。家庭のなかで世間を代表するのは、ふつうは父親です。ところが私の父は、私が四歳のときに結核で死にました。当然ながら、母親がその役を果たすしかありません。祖父母は同居してませんでしたからね。核家族なんですよ。その母親が決して世間との折り合いがいいほうではない。べつに悪いというわけではないんですが、とことん自己流なんです。母が自分で書いた本を読んでいただけば、そのあたりはおわかりいただけるのではないかと思います（養老静江著『ひとりでは生きられない――ある女医の95年』、集英社文庫）。

虫は、母の外、世間の外だった

世間との付き合いが自己流だということは、私には母の真似《まね》がしづらい、できないということです。私は母じゃないんですから。母と同じようにやれといったって、母と私は人が違うんだから、それは無理というものです。私が世間と折り合いにくかったのは、これがいちばん大きかったかもしれません。

日本にやってきた外国人のように、私はまさに「自分で世間を覚えていく」しかなかったんです。世間を知っていれば「それで当然」、「そういうものだ」と思えることでも、いちいち考えて、やってみなけりゃ、答えが出ないんですからね。

私が世間の外国人だとすれば、「母国」に相当するものは母親です。だから私の状況をマザコンと簡単に評した人もあります。そうかもしれないし、そうでないかもしれない。

なぜなら、その母親に適応するのが、そもそも容易じゃないんですからね。小さいときから「努力して」、母親流にやっと慣れる。外の世間に出ると、今度はその流儀は通じないとわかる。でもどうしたらいいか、はっきりしない。こちらは母は見てますが、世間で生きるための「本当の手本」は見てないんですからね。結局は様子見ですから、まさにつかず離れずです。それでは、なにごとも「本気で」できない。「こんなところに私が混ざって、申し訳ありません」になるわけです。

だから若いときに本気になれたのは、虫だけなんです。これなら母の外です。同時にある面では、世間の外でもある。世間のほとんどの人は、そんなものに関心がありませんからね。

でも虫の専門家になろうとしたら、たちまち世間が顔を出します。専門家というのは、世間がそう認めている人のことですから、つまりは世間じゃないですか。

要するに、私は世間が大の苦手だったんですよ。虫そのものと付き合うには、世間と付き合う常識なんか、不要です。でも専門家になろうと思ったら、それなりに世間に入ることになるんです。

前章に書いたことが、それでおわかりいただけますか。日本人は「生きられない」、「生きてない」。それは、異文化の人がただちに気づくことらしい。私も日本生まれ、日本育ちですが、「異文化」育ちに似たところがあるわけです。私はなんとか「自分で生きたい」んですが、この世間では、まず「世間を知らなけりゃならない」んです。

その世間をあるていど「知る」までに、なんと六十歳を過ぎちゃったんですよ。世間を知ることは、つまりは「世間で生きる」ことでしょ。実際に生きてみなきゃ、世間のことはわからないんですから。西行が出家したのも、あるていど世間で生きてからでしょ。

この国は「自分流より世間流」

高年者向けの雑誌で、定年後の自分流の生き方なんて、特集してるじゃないですか。それまではいかに「自分流」じゃなかったかということでしょ、それは。そのうえ若者にも「自分流」の生き方なんて、勧めてます。
なぜ勧めるかといえば、自分流でないのが常識だからでしょ。それなら自分流が可能かといえば、この国は「自分流より世間流」というしかないんですよ。だから二世なんでしょ、議員さんでも、お医者さんでも。多くの人が自分の生き方を「そういうものだと思ってる」わけです。

幸か不幸か、私は自分の人生を「そういうものだ」とは思えなかった。母親が医者でしたから、自分は「医者になるものと思って」もいいわけです。でもそう思わない。それで基礎医学になったわけです。ところがこの世間で生きるときに、「そういうものと思わずに」自分を通そうと思ったら、なんとも厄介なことになります。たいていの人は、一度はどこかで自分流をやってみるけど、懲《こ》り懲《ご》りして、二度とやらないんじゃないんでしょうか。自分流はいいんだけど、失敗したらどうする、ってことです。私の母も、ときどき大失敗をしてましたからね。おかげで私が用心深くなります。

自分流に生きるなら、転んでもただでは起きない。努力・辛抱・根性。そんなふうにいうしかないじゃないですか。ところが厄介なことに、たとえ「そういうものだ」と思って生きても、人生には努力・辛抱・根性がやっぱり必要なんです。だから話がわからなくなっちゃうんですよ。どっちにしたって、若者が聞かされることは同じなんだから。

同じ努力・辛抱・根性でも、「世間で生きる」ときと、「自分流に生きる」ときとで、相手がまったく違うんですよ。ストレスの型に、それがいちばんはっきり出ます。日本ではストレスは胃潰瘍《いかいよう》を起こす、アメリカでは心筋梗塞《こうそく》を起こす。日本の世間に適応しようとすると、胃潰瘍になる人が多い。

いまは世間の圧力がかなり減ったから、胃潰瘍より心筋梗塞が増えました。食生活も変わりましたからね。それでも、「胃が痛くなる」という言葉はまだ使われますよね。世間で生きようとすると、「胃が痛くなる」思いをするんですよ。

アメリカなら、心筋梗塞になる。

だけどこのふたつの病気は、違うタイプの人が罹《かか》ります。だから社会がかけるストレスの種類が違うことがわかります。社会によって、違う種類の人にストレスがかかるんですよ。私は胃潰瘍タイプです。十二指腸潰瘍がありましたからね。勤めを辞めたら、もうできなくなりました。

アメリカは機能主義、能力主義だといわれます。個人でいうなら、「できなきゃダメ」なんですよ。だからイチローで松井秀喜《まついひでき》なんでしょ。大リーグでちゃんと成績が残せるんですから。そこでストレスがあるとすれば、もっと成績を上げようと思うときでしょ。そのタイプのストレスは心筋梗塞を起こすんです。他人と比較して、自分のほうがよくなけりゃいけないんですから。

日本の世間だって、仕事ができなきゃダメです。でもそれは、お前がちゃんとやらないと、ほかの人に迷惑がかかるぞ、って意味でしょ。じつは仕事自体より「うまく」やることのほうが大切なんです。きちんと、まじめにやってる。それで仕事が、はかがいかなかったら、それは本人のせいじゃない。いってみれば、当人をそういうていどにしか作らなかった、神様のせいですわ。「ちゃんとまともに働いて、あのていどなんだから、それはそれで仕方がない」。そう思ってもらえます。

世間と格闘するうち、自分も世間も変わってきた

こうして日本では仲間、つまり世間がまず最初に来ます。「自分のやりたいことがまず優先」じゃないんです。だからハワイに来ないかといわれて、私は母親のことをまず考えたんですよ。それを親孝行と思うなら、勝手にそう思えばいいんですが、いくらなんでもあの時代に、親孝行なんか、はやりませんでしたね。自分だって、ハワイに行かないのが親孝行だとは思いませんでした。そうじゃなくて、まず親のことを考えて当然だろ、と思ったわけです。だから世間なんでしょ。親に「迷惑はかけたくない」わけです。

イチローや松井が大リーグに行くのは、問題ないんですよ。だって親だって世間だって「わかってる」んですからね。だからそれは「いいこと」なんでしょ。でも東大の学生だった私がハワイに行ったら、なにしてんだ、あいつ、って思わ

れちゃう。

当人にしてみれば、アメリカに行ったら、それを取り戻すほどの偉い人になれるかってことです。野口英世《のぐちひでよ》にならなきゃならないじゃないですか。その野口の死には、自殺だという説もあるくらいです。いろいろ苦労したんでしょうね。アフリカまで黄熱病《おうねつびょう》の研究に行って、黄熱病にかかって死んじゃった。それなら簡単には日本から出る決心がつきませんわ。

日本人が人生論を論じるむずかしさは、ここじゃないでしょうか。世間をどう見るか、なんです。自分はこうだ、じゃ済まないわけです。世間という相手のほうが、よほど大変かつ複雑なんですから。

自分の生き方を説明するには、自分のことだけじゃなくて、世間のほうも説明しなけりゃならないんです。それをやろうとすれば、世間を「意識化する」ことになります。そこがいちばん面倒くさいんです。そもそも世間の約束事は「いわないこと」になってるんですからね。だから「男は黙って、サッポロビール」なんでしょ。

努力・辛抱・根性の例に戻りますが、「東大の医学部を出て」というと、すぐに「一生懸命に努力して勉強して」と思われちゃう。だからそりゃ違います。私が努力・辛抱・根性をつぎ込んだのは、対世間ですよ。それがなにより苦手だったんですから。

六十五歳になって、本がほぼ三百万部売れて、驚きましたよ。これ変だよ、って。いうなれば、世間に「受け入れられた」形になったんですからね。でもおかげさまで、世間と格闘した甲斐《かい》があったとは思います。格闘しているうちに、自分も変わり、世間も時代とともに変わってきたんでしょうね。それなら素直に喜ぶべきなんでしょうね。

以前なら、そうは思えなかったと思います。「そんなはずはない」と、はじめから思ってたんですから。「おかげさまで、本が売れました、みなさんのおかげです」。家で女房にそういったら、「あんたも育ったものね」と一言いわれました。「以前なら、おかげさまなんて、いったことはないんだから」って。だから、それまでは万事ストレスで、格闘だったんですよ。それを努力・辛抱・根性だといったんです。

でももちろん、まだ疑ってますよ。「本当に世間に受け入れられたんだろうか」って。虫の世界でなら、ウンカの大発生とか、バッタの大群とか、ありますよね。あれと同じじゃないんだろうか。ああいう大発生が起こるのは、環境が単調化したときです。つまり生態系がおかしくなったときなんですよ。

私のようなウンカが生息する環境が、世間で極端に広がったらしい。それははたして喜ぶべきことか。世間がおかしくなったんじゃないんだろうか。その可能性も十分にありますよね。

日本人として生きること

ともあれ本当に「生きよう」と思うなら、日本の世間に属しているかぎり、「自分が生きる」、「世間で生きる」、そのどちらか一方というわけにはいかないということです。日本人は「生きてない」といわれたって、とりあえず「世間で生きてる」んですから。じゃあ、あとは国際的な意味でも生きればいい。

大げさにいえば、「生きてない」ことを、世界中から批判される。でも、ある面で、日本ほど上手にやっている国はない。みんなが「世間で生きてる」からでしょうが。それをいまの日本人はいわなすぎます。なぜいわないって、知らないんでしょうね。そう思ってない。世間を意識化してないんだから、あたりまえです。

一人当たりのエネルギー消費でいうなら、日本人はずいぶん省エネなんですよ。最近やや贅沢《ぜいたく》になりましたが、石油ショックのころでしたら、アメリカの四分の一、ヨーロッパの半分でした。それしか使わないで、どれだけの経済効果をあげたか、考えてくださいよ。アメリカなんか、日本の何倍も儲《もう》けて当然なんですよ。他方、GDP当たりのエネルギー消費を見たら、ロシア、中国はひどいものです。

それでわかるのは、日本の「世間」を、社会システムの一例と見なすなら、世間というこのシステムはきわめて効率が高いということです。世界がそれを見習っていいのです。なぜならこの効率は環境問題と密接に関わっており、環境問題こそ未来に向けての『いちばん大事なこと』(集英社新書)なんですから。

いわゆる文明国が、いまさら鉄砲なんか持ち出しているのを見ると、なんとなく気が滅入《めい》りますな。鉄砲をぶっ放したほうが気分がよくなる。そりゃわかります。わかりますけど、文化とか文明というのは、それとは違うでしょ。

日本は世界中から悪口をいわれますが、いわれていいんです。いくらいわれたって、自信があれば「悔しかったら、真似してみな」でいいんですから。「俺が正しい」って、鉄砲を持ち出す必要なんかない。すでに書いたように、「正義はかならず勝つ」んですから。それを鉄砲に証明してもらう必要なんかない。

よく政治家が「日本人としての誇りを持て」なんていいますが、根拠が示されなきゃ、だれも聞いてません。私は世間と折り合うのに苦労してきましたから、ノー天気に日本は神国だなんていう気もありません。どこの世界に行ったところで、善《よ》し悪《あ》しがあるに決まってます。私だって年中、世間の悪いところを批判してます。でも、与えられた自然条件に対して、人間社会がやり遂げたことを考えれば、日本は世界でも模範的な国家のひとつだと思いますよ。

日本も、私も、楽観主義でいきたい

よその国の空港で日本人が自動小銃をぶっ放して、罪のない人を大勢殺した行為に対して、日本政府は犠牲者の遺族に見舞金を支払いました。これがどうして模範的な国じゃないんですか。自分の仲間のやったことに、責任を感じてるんですから。そこでは共同体が生きているわけです。どこの政府がそんなことをするか、っていうんです。だからこれは、諸外国にも、「良識派」にも、評判が悪かった。

それでいいんです。評判というのは、良かったり、悪かったりする。でも、この最終的な是非を判断するのはむずかしい。よその国の政府は、前例になるから、そんなことはしないでくれと思うに決まってます。政府によっては、自分がそんなことをしたら、見舞金で破産しかねないですからね。でも日本人であることへの信用というのは、そういうところからも生じてきます。信用はなかなか表には見えませんよ。陰に陽に、悪口ばかりいっているけど、いざとなると金を借りにくる。それも人間でしょうが。

外国人でもないのに、日本の世間に入れてもらおうと思って、六十年苦労してきて、そう思います。政治家によっては「フツーの国になれ」ともいいますが、フツーじゃないものはしょうがない。どこにこれだけ地震があり、噴火があり、台風があり、狭いところに、むやみに大勢が住んでいる国がありますか。可住面積当たりにすれば、欧州でいちばん人口密度の高いベルギーやオランダの、さらに三倍くらいじゃないですか。

そんなところで生きていくのに、さまざまなやかましい条件があるのは当然です。日本の世間は要求度が高いんですよ、その意味では。それを満たしている日本人は、満たしているとすればの話ですが、それを誇っていいんです。「これでも年中、苦労してるんだから」って。「それにしちゃ、よくやってるだろうが」って。

お隣の中国を見てくださいよ。歴史は古いわ、人は多いわ、国土は広いわ、それでなにがいまさら経済発展なんですか。もともと発展して当然なんですよ。いままでなにやってたんだ。もっと発展してくださいよ。そういうべきなんです。

最後の結論です。世間で生きようが、個人で生きようが、自分の生き方を根本的に肯定できないのなら、生きてきた意味はないということです。その点では、私は徹底した楽観主義者です。それでなけりゃ、努力も辛抱もしないし、根性なんていりませんからね。

楽観的でなけりゃ、六十五歳を過ぎてから、本が売れるわけはないでしょ。万事おしまいだと思って、本なんか書かずに、自分のお墓を探してますよ。それで済む年齢なんだから。

あとがき

講演をすると、終わったあとで訊《き》かれることがあります。「どうして、先生みたいなことを考えるんですか」。

質問の意味がはっきりしませんが、まあ、わからないではありません。なぜそんな変なことを考えるのか、どうしてそんな奇妙な見方をするのか、それを訊かれているのだと思います。

科学では、どんな叙述にも、根拠があります。むしろ根拠と叙述が対《つい》になっている、それが科学的な言明です。たとえば「地球から月までの距離は三十万キロ」といえば、それを測る方法が前提になっています。測り方を変えると、月までの距離が変わるかもしれない。でもそれでいいのです。それが科学だからです。

この本は、私がいうこと、書くことの根拠を、自分の人生から掘り出そうとした試みです。講演や著書には、根拠が明瞭《めいりょう》なことばかりを書いているわけではありません。その根拠を、できるだけ自分で探してみようとしました。

これはだれにでもあることでしょう。つまりなにかをいうんですが、それにはそれまで生きてきた、自分の人生という根拠がある。その根拠が他人に見えるときも、見えないときもあります。科学であれば、その根拠は「疑いの余地なく明白に」示さなければなりません。一般の話では、なかなかそうもいきません。でも、ともあれそこには、なんらかの根拠がある。そのなかでいちばん大きいのは、その人の過去でしょう。私自身について、ここではそれをできるだけ調べてみたわけです。

そうした根拠をいちばん示しにくいのは、宗教体験だと思います。宗教体験では、ときには世界の隅々までわかってしまったという感覚があるようですが、ふつうの人はそんな体験をしません。だから宗教家はしばしばご託宣《たくせん》を語るわけです。ご託宣とは、「他人にはその根拠がまったく不明」という言明ですからね。当人にしてみれば、きわめて強力な根拠があるわけです。ただそれを明示できない。明示しようとしても、わかってもらえない。

語り自体がどれだけ明瞭か、その根拠がどれだけ明瞭か、それが科学かどうかを分ける基準だと思います。自分の考えについて語ることが、その意味でどれだけ「科学」になりうるのか。そんなもの、「科学にならない」というのが、ふつうの反応だと思います。とくに科学者はそう思うはずです。「なにが科学か」、それはすでに「社会的に定められている」からです。でも私はそうは思わないのです。いわゆる現代の科学以外は科学にならないと思っていれば、永久に科学にはならないでしょう。なぜなら、それに向かって努力しなくなるからです。

もちろん、ふつうは科学と人生論を分けるわけです。そのほうが便利だからでしょう。でも人生は便利ならいいというものではない。近代社会はそれをそろそろ理解しはじめたと思います。便利中心にやってきたら、なんだか世界がおかしくなった。そういうことを、連日感じさせられます。科学の世界でも、科学中心でやってきたら、なんだか変になったんじゃないか、と思うことがあります。「人生論が科学だなんて、とんでもない」。それはそれでいいのですが、すでに述べたように、叙述と根拠を「対にする」という見方をすれば、科学とそれ以外のものを厳密に分ける必要はないと思います。そういうつもりで、この本を書きました。それが成功したかどうか、それはまったく別です。なにしろ、はじめての試みですから。

この先、もっとよく考えなければならないと思っているところです。

本稿を書き上げた段階で、山本俊一《しゅんいち》先生から『東京大学医学部紛争私観』（本の泉社）をお送りいただきました。これを読んで、紛争について、さまざまなことをさらに思い出しました。でも、この本の内容を書き変えなければならないと感じたところはありませんでした。

山本先生は名著『日本らい史』（東京大学出版会）を書かれました。たまたま私が東京大学出版会の理事長をしていたときです。この本の初版の発行部数が少なかったことは、いまだに私の痛恨事です。そういう方ですから、きわめて客観的に紛争を記録しておられます。関心のある方は、両書を読んでいただければと思います。

私のこの本を作るについては、マガジンハウスの喜入冬子《きいれふゆこ》さんのお世話になりました。『唯脳論《ゆいのうろん》』以来お世話になっている編集者です。おかげでなんとか書きあげることができました。お礼を申し上げます。

復刊のあとがき

この本でも書いておきましたが、人は変わります。むろん考え方も変わってしまうんです。でも書かれた文章は変わらない。だから自分の本でも、年数が経《た》ってから読むと、なんだか具合が悪いところがあります。でも当時はそう考えていたんだから、それはそれで仕方がないんですね。それが「私」なんです。

今のほうが進歩しているはずだから、書き直せばいいじゃないか。そうではないんですね。今のほうが進歩しているかどうか、それもわかりません。そもそも私は八十歳に近いんですから、かなりボケが入っている可能性があります。

この本をあらためて今書くとしたら、どうするか。それは考えてみました。たぶんずいぶん短くなると思います。どんどん切り詰めちゃう。それで良くなるかって、それもわかりません。ただ、この本を書いた当時に比べて、頭の中で万事が簡単になったことは確かだと思います。ひょっとすると、それは、感情が整理されたからかもしれません。年齢を重ねると、感情は背景に引いていきます。同時に行動する動機も弱くなります。だからこの本をあらためて書けといわれても、書かないでしょうね。

日本語の表現では、右の感情を「思い」とも言いますね。「思い」が軽くなるんです。こうして万事が薄れて、やがて消えていく。それが普通なのだと思います。

養老孟司

二〇一六年七月

著者紹介
養老孟司（ようろう　たけし）
1937年、鎌倉市生まれ。東京大学医学部卒業後、解剖学教室に入る。95年、東京大学医学部教授を退官し、同大学名誉教授に。89年、『からだの見方』（筑摩書房）でサントリー学芸賞を受賞。
著書に、『唯脳論』（青土社・ちくま学芸文庫）、『バカの壁』『超バカの壁』『「自分」の壁』『遺言。』『ヒトの壁』（以上、新潮新書）、『日本のリアル』『文系の壁』『ＡＩの壁』（以上、ＰＨＰ新書）など多数。

PHP文庫　養老孟司の人生論

2023年２月15日　第１版第１刷

著　者　養老孟司
発行者　永田貴之
発行所　株式会社ＰＨＰ研究所
東京本部　〒135-8137　江東区豊洲5-6-52
ビジネス・教養出版部　☎03-3520-9617(編集)
普及部　☎03-3520-9630(販売)
京都本部　〒601-8411　京都市南区西九条北ノ内町11

PHP INTERFACE　https://www.php.co.jp/

制作協力
組　版　株式会社PHPエディターズ・グループ

印刷所
製本所　図書印刷株式会社

ISBN978-4-569-90259-3

PHP文庫

逆さメガネで覗《のぞ》いたニッポン

養老孟司 著

現代の価値観は錯覚だらけ⁉ 科学で全て予測できる、個性は心にある、都市化こそが進歩……。そんな常識を覆す養老流「世の中の見方」。『養老孟司の〈逆さメガネ〉』を改題して文庫化！